READ
集美绘

美绘经典系列

白 鹅

丰子恺 著

杜斌 绘

我的孩子们！憧憬于你们的生活的我，痴心要为你们永远挽留这黄金时代在册子里。

吉林美术出版社 山东美术出版社

选读坊
CINTENTS

无论贫贱之人，丑陋之人，劳动者，黄包车夫，只要是顺其自然的天性而动，都是美的姿态的所有者，都可以礼赞。——丰子恺

内 容 简 介

　　《白鹅》收录了作者30余篇经典文章，选材典型而精致、可读性强，包括：《给我的孩子们》《还我缘缘堂》《独揽梅花扫腊雪》等。这些作品超越人世的成见，以艺术般的心绪，佛理化的思考，来旁观社会、玩味人生；从身边平凡琐事中，发现别人不曾发现的东西，体验别人不曾体验的乐趣，感悟别人不曾感悟的况味。那些坦诚的语句，那些无畏的呐喊，那些对人类精神的思考，唤醒了我们曾经的期望，鼓起现在的勇气，不再虚空浮华、怀疑未来。这些智者的身影和流传已久的词句，净化了我们的心灵，震撼了我们的灵魂，使我们懂得了什么是可以错过但不会被磨灭的，什么是瞬间即逝却又是最宝贵的。

白
鹅

丰子恺

抗战胜利后八个月零十天，我卖脱了三年前在重庆沙坪坝庙湾地方自建的小屋，迁居城中去等候归舟。

除了托庇三年的情感以外，我对这小屋实在毫无留恋。因为这屋太简陋了，这环境太荒凉了；我去屋如弃敝屣。倒是屋里养的一只白鹅，使我恋恋不忘。

这白鹅，是一位将要远行的朋友送给我的。这朋友住在北碚，特地从北碚把这鹅带到重庆来送给我，我亲自抱了这雪白的大鸟回家，放在院子内。它伸长了颈，左顾右盼，我一看这姿态，想道："好一个高傲的动物！"凡动物，头是最主要部分。这部分的形状，最能表明动物的性格。例如狮子，老虎，头都是大的，表示其力强。麒麟，骆驼，头都是高的，表示其高超。狼，狐，狗等，头都是尖的，表示其刁奸猥鄙。猪猡，乌龟等，头都是缩的，表示其冥顽愚蠢。鹅的头在比例上比骆驼更高，与麒麟相似，正是高超的性格的表示。而在它的叫声、步态、吃相中，更表示出一种傲慢之气。

鹅的叫声，与鸭的叫声大体相似，都是"轧轧"然的。但音调上大不相同。鸭的"轧轧"，其音调琐碎而愉快，有小心翼翼的意味；鹅的"轧轧"，其音调严肃郑重，有似厉声呵斥。它的旧主人告诉我：养鹅等于养狗，它也能看守门户。后来我看到果然：凡有生客进来，鹅必然厉声叫嚣；什至篱笆外有人走路，也要它引吭大叫，其叫声的严厉，不亚于狗的狂吠。狗的狂吠，是专对生客或宵小用的；见了主人，狗会摇头摆尾，呜呜地乞怜。鹅则对无论何人，都是厉声呵斥；要求饲食时的叫声，也好像大爷嫌饭迟而怒骂小使一样。

鹅的步态，更是傲慢了。这在大体上也与鸭相似。但鸭的步调急速。有局促不安之相。鹅的步调从容，大模大样的，颇像平剧（京剧）里的净角出场。这正是它的傲慢的性格的表现。我们走近鸡或鸭，这鸡或鸭一定让步逃走。这是表示对人惧怕。所以我们要捉住鸡或鸭，颇不容易。那鹅就不然：它傲然地站着，看见人走来简直不

让；有时非但不让，竟伸过颈子来咬你一口。这表示它不怕人，看不起人。但这傲慢终归是狂妄的。我们一伸手，就可一把抓住它的项颈，而任意处置它。家畜之中，最傲人的无过于鹅。同时最容易捉住的也无过于鹅。

鹅的吃饭，常常使我们发笑。我们的鹅是吃冷饭的，一日三餐。它需要三样东西下饭：一样是水，一样是泥，一样是草。先吃一口冷饭，次吃一口水，然后再到某地方去吃一口泥及草。这地方是它自己选定的，选定的目标，我们做人的无法知道。大约泥和草也有各种滋味，它是依着它的胃口而选定的。这食料并不奢侈；但它的吃法，三眼一板，丝毫不苟。譬如吃了一口饭，倘水盆偶然放在远处，它一定从容不迫地踏大步走上前去，饮水一口。再踏大步走到一定的地方去吃泥、吃草。吃过泥和草再回来吃饭。这样从容不迫地吃饭，必须有一个人在旁侍候，像饭馆里的堂倌一样。因为附近的狗，都知道我们这位鹅老爷的脾气，每逢它吃饭的时候，狗就躲在篱边窥伺。等它吃过一口饭，踏着方步去吃水，吃泥，吃草的当儿，狗就敏捷地跑上来，努力地吃它的饭。没有吃完，鹅老爷偶然早归，伸颈去咬狗，并且厉声叫骂，狗立刻逃往篱边，蹲着静候；看它再吃了一口饭，再走开去吃水，吃草，吃泥的时候，狗又敏捷地跑上来，这回就把它的饭吃完，扬长而去了。等到鹅再来吃饭的时候，饭罐已经空空如也。鹅便昂首大叫，似乎责备人们供养不周。这时我们便替它添饭，并且站着侍候。因为邻近狗很多，一狗方去，一狗又来蹲着窥伺了。邻近的鸡也很多，也常蹑手蹑脚地来偷鹅的饭吃。我们不胜其烦，以后便将饭罐和水盆放在一起，免得它走远去，比鸡、狗偷饭吃。然而它所必须的盛馔泥和草，所在的地点远近无定。为了找这盛馔，它仍是要走远去的。因此鹅的吃饭，非有一人侍候不可。真是架子十足的！

鹅，不拘它如何高傲，我们始终要养它，直到房子卖脱为止。因

为它对我们，物质上和精神上都有供献。使主母和主人都欢喜它。物质上的供献，是生蛋。它每天或隔天生一个蛋，篱边特设一堆稻草，鹅蹲伏在稻草中了，便是要生蛋。家里的小孩子更兴奋，站在它旁边等候。它分娩毕，就起身，大踏步走进屋里去，大声叫开饭。这时候孩子们把蛋热热地捡起，藏在背后拿进屋子来，说是怕鹅看见了要生气。鹅蛋真是大，有鸡蛋的四倍呢！主母的蛋篓子内积得多了，就拿来制盐蛋，炖一个盐鹅蛋，一家人吃不了！工友上街买菜回来说："今天菜市上有卖鹅蛋的，要四百元一个，我们的鹅每天挣四百元，一个月挣一万二，比我们做工的还好呢，哈哈哈哈。"大家陪他"哈哈哈哈。"望望那鹅，它正吃饱了饭，昂胸凸肚地，在院子里跨方步、看野景，似乎更加神气活现了。但我觉得，比吃鹅蛋更好的，还是它的精神的贡献。因为我们这屋实在太简陋，环境实在太荒凉，生活实在太岑寂了。赖有这一只白鹅，点缀庭院，增加生气，慰我寂寞。

且说我这屋子，真是简陋极了：篱笆之内，地皮二十方丈，屋所占的只六方丈。这六方丈上，建着三间"抗建式"平屋，每间前后划分为二室，共得六室，每室平均一方丈。中央一间，前室特别大些，约有一方丈半弱，算是食堂兼客堂；后室就只有半方丈强，比公共汽车还小，作为家人的卧室。西边一间，平均划分为二，算是厨房及工友室。东边一间，也平均划分为二，后室也是家人的卧室，前室便是我的书房兼卧房。三年以来，我坐卧写作，都在这一方丈内。归熙甫《项脊轩记》中说："室仅方丈，可容一人居。"又说："雨泽下注，每移案，顾视无可置者。"我只有想起这些话的时候，感觉得自己满足。我的屋虽不上漏，可是墙是竹制的，单薄得很。夏天九点钟以后，东墙上炙手可热，室内好比开放了热水汀。这时候反教人希望警报，可到六七丈深的地下室去凉快一下呢。

竹篱之内的院子，薄薄的泥层下面尽是岩石，只能种些番茄、

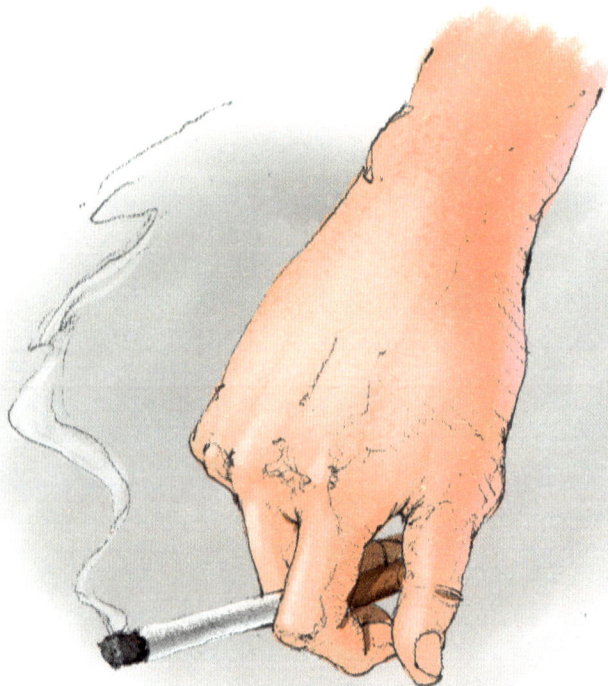

蚕豆、芭蕉之类，却不能种树木。竹篱之外，坡岩起伏，尽是荒郊。因此这小屋赤裸裸的，孤零零的，毫无依蔽；远远望来，正像一个亭子。我长年坐守其中，就好比一个亭长。这地点离街约有里许，小径迂回，不易寻找，来客极稀。杜诗"幽栖地僻经过少"一句，这室可以受之无愧。风雨之日，泥泞载途，狗也懒得走过，环境荒凉更什。这些日子的岑寂的滋味，至今回想还觉得可怕。

自从这小屋落成之后，我就辞绝了教职，恢复了战前的闲居生活。我对外间绝少往来，每日只是读书作画，饮酒闲谈而已。我的时间全部是我自己的，这是我的性格的要求，这在我是认为幸福的。然而这幸福必须两个条件：在太平时，在都会里。如今在抗战期，在荒村里，这幸福就伴着一种苦闷——岑寂。为避免这苦闷，我便在

读书、作画之余，在院子里种豆，种菜，养鸽，养鹅。而鹅给我的印象最深。因为它有那么庞大的身体，那么雪白的颜色，那么雄壮的叫声，那么轩昂的态度，那么高傲的脾气和那么可笑的行为。在这荒凉举寂的环境中，这鹅竟成了一个焦点。凄风苦雨之日，手酸意倦之时，推窗一望，死气沉沉；唯有这伟大的雪白的东西，高擎着琥珀色的喙，在雨中昂然独步，好像一个武装的守卫，使得这小屋有了保障，这院子有了主宰，这环境有了生气。

我的小屋易主的前几天，我把这鹅送给住在小龙坎的朋友人家。送出之后的几天内，颇有异样的感觉。这感觉与诀别一个人的时候所发生的感觉完全相同，不过分量较为轻微而已。原来一切众生，本是同根，凡属血气，皆有共感。所以这禽鸟比这房屋更是牵惹人情，更能使人留恋。现在我写这篇短文，就好比为一个永决的朋友立传，写照。这鹅的旧主人姓夏名宗禹，现在与我邻居着。

1946年4月25日夏于重庆

杨
柳

因为我的画中多杨柳，就有人说我欢喜杨柳树；因为有人说我欢喜杨柳树，我似觉自己真与杨柳有缘。但我也曾问心，为什么欢喜杨柳树？到底与杨柳树有什么深缘？其答案了不可得。原来这完全是偶然的：昔年我住在白马湖上，看见人们在湖边种柳，我向他们讨了一小株，种在寓屋的墙角里。因此给这屋取名为"小杨柳屋"，因此常取见惯的杨柳为画材，因此就有人说我欢喜杨柳，因此我自己似觉与杨柳有缘。假如当时人们在湖边种荆棘，也许我会给屋取名为"小荆棘屋"，而专画荆棘，成为与荆棘有缘，亦未可知。天下事往往如此。

但假如我存心要和杨柳结缘，就不说上面的话，而可以附会种种的理由上去。或者说我爱它的鹅黄嫩绿，或者说我爱它的如醉如舞，或者说我爱它像小蛮的腰，或者说我爱它是陶渊明的宅边所种，或者还可引援"客舍青青"的诗，"树犹如此"的话，以及"王恭之貌"，"张绪之神"等种种古典来，作为自己爱柳的理由。即使要找三百个冠冕堂皇，高雅深刻的理由，也是很容易的。天下事又往往如此。

也许我曾经对人说过"我爱杨柳"的话。但这话也是随缘的。仿佛我偶然买一双黑袜穿在脚上，逢人问我"为什么穿黑袜"时，就对他说"我欢喜穿黑袜"一样。

实际，我向来对于花木无所爱好；即有之，亦无所执着。这是因为我生长穷乡，只见桑麻，禾黍，烟片，棉花，小麦，大豆，不曾亲近过万花如绣的园林。只在几本旧书里看见过"紫薇"，"红杏"，"芍药"，"牡丹"等美丽的名称，但难得亲近这等名称的所有者。并非完全没有见过，只因见时它们往往使我失望，不相信这便是曾对紫薇郎的紫薇花，曾使尚书出名的红杏，曾傍美人醉卧的芍药，或者象征富贵的牡丹。我觉得它们也只是植物中的几种，不过少见而名贵些，实在也没有什么特别可爱的地方，似乎不配在诗词中那

样地受人称赞,更不配在花木中占据那样高尚的地位。因此我似觉诗词中所赞叹的名花是另外一种,不是我现在所看见的这种植物。我也曾偶游富丽的花园,但终于不曾见过十足地配称"万花如绣"的景象。

假如我现在要赞美一种植物,我仍是要赞美杨柳。但这与前缘无关,只是我这几天的所感,一时兴到,随便谈谈,也不会像信仰宗教或崇拜主义地毕生皈依它。为的是昨日天气佳,埋头写作到傍晚,不免走到西湖边的长椅子里坐了一会。看见湖岸的杨柳树上,好像挂着几万串嫩绿的珠子,在温暖的春风中飘来飘去,飘出许多弯度微微的S线来,觉得这一种植物实在美丽可爱,非赞它一下不可。

听人说,这种植物是最贱的。剪一根枝条来插在地上,它也会活起来,后来变成一株大杨柳树。它不需要高贵的肥料或工深的壅培,只要有阳光,泥土和水,便会生活,而且生得非常强健而美丽。牡丹花要吃猪肚肠,葡萄藤要吃肉汤,许多花木要吃豆饼;杨柳树不要吃人家的东西,因此人们说它是"贱"的。大概"贵"是要吃的意思。越要吃得多,越要吃得好,就是越"贵"。吃得很多很好而没有用处,只供观赏的,似乎更贵。例如牡丹比葡萄贵,是为了牡丹吃了猪肚肠只供观赏,而葡萄吃了肉汤有结果的原故。杨柳不要吃人的东西,且有木材供人用,因此被人看作"贱"的。

我赞杨柳美丽,但其美与牡丹不同,与别的一切花木都不同。杨柳的主要的美点,是其下垂。花木大都是向上发展的,红杏能长到"出墙",古木能长到"参天"。向上原是好的,但我往往看见枝叶花果蒸蒸日上,似乎忘记了下面的根,觉得其样子可恶;你们是靠它养活的,怎么只管高踞在上面,绝不理睬它呢?你们的生命建设在它上面,怎么只管贪图自己的光荣,而绝不回顾处在泥土中的根本呢?花木大都如此。甚至下面的根已经被砍,而上面的花叶还是欣欣向荣，在那里作最后一刻的威福，真是可恶而又可怜！杨柳没有这般可恶可怜的样子：它不是不会向上生长。它长得很快，而且很高；但是越长得高，越垂得低。千万条陌头细柳，条条不忘记根本，常常俯首顾着下面，时时借了春风之力，向处在泥土中的根本拜舞，或者和它亲吻。好像一群活泼的孩子环绕着他们的慈母而游戏，但时时依傍到慈母的身边去，或者扑进慈母的怀里去，使人看了觉得非常可爱。杨柳树也有高出墙头的，但我不嫌它高，为了它高而能下，为了它高而不忘本。

　　自古以来，诗文常以杨柳为春的一种主要题材。写春景曰"万树垂杨"，写春色曰"陌头杨柳"，或竟称春天为"柳条春"。我以为这并非仅为杨柳当春抽条的原故，实因其树有一种特殊的姿态，与和平美丽的春光十分调和的缘故。这种姿态的特点，便是"下垂"。不然，当春发芽的树木不知凡几，何以专让柳条作春的主人呢？只为别的树木都凭仗了春之力而拼命向上，一味好高，忘记了

自己的根本，其贪婪之相不合于春的精神。最能象征春的神意的，只有垂杨。

这是我昨天看了西湖边上的杨柳而一时兴起的感想。但我所赞美的不仅是西湖上的杨柳。在这几天的春光之下，乡村处处的杨柳都有这般可赞美的姿态。西湖似乎太高贵了，反而不适于栽植这种"贱"的垂杨呢。

1935年3月4日于杭州

梧
桐
树

丰子恺

寓楼的窗前有好几株梧桐树。这些都是邻家院子里的东西，但在形式上是我所有的。因为它们和我隔着适当的距离，好像是专门种给我看的。它们的主人，对于它们的局部状态也许比我看得清楚；但是对于它们的全体容貌，恐怕始终没看清楚呢。因为这必须隔着相当的距离方才看见。唐人诗云："山远始为容。"我以为树亦如此。自初夏至今，这几株梧桐树在我面前浓妆淡抹，显出了种种的容貌。

当春尽夏初，我眼看见新桐初乳的光景。那些嫩黄的小叶子一簇簇地顶在秃枝头上，好像一堂树灯[1]，又好像小学生的剪贴图案，布置均匀而带幼稚气。植物的生叶，也有种种技巧：有的新陈代谢，瞒过了人的眼睛而在暗中偷换青黄。有的微乎其微，渐乎其渐，使人不觉察其由秃枝变成绿叶。只有梧桐树的生叶，技巧最为拙劣，但态度最为坦白。它们的枝头疏而粗，它们的叶子平而大。叶子一生，全树显然变容。

在夏天，我又眼看见绿叶成阴的光景。那些团扇大的叶片，长得密密层层，望去不留一线空隙，好像一个大绿障；又好像图案画中的一座青山。在我所常见的庭院植物中，叶子之大，除了芭蕉以外，恐怕无过于梧桐了。芭蕉叶形状虽大，数目不多，那丁香结要过好几天才展开一张叶子来，全树的叶子寥寥可数。梧桐叶虽不及它大，可是数目繁多。那猪耳朵一般的东西，重重叠叠地挂着，一直从低枝上挂到树顶。窗前摆了几枝梧桐，我觉得绿意实在太多了。古人说"芭蕉分绿上窗纱"[2]，眼光未免太低，只是阶前窗下的所见而已。若登楼眺望，芭蕉便落在眼底，应见"梧桐分绿上窗纱"了。

一个月以来，我又眼看见梧桐叶落的光景。样子真凄惨呢!最初

---

①树灯：是一种点着许多油灯的树形灯架。
②出自宋代诗人杨万里《闲居初夏午睡起二绝句》之一。

绿色黑暗起来，变成墨绿；后来又由墨绿转成焦黄；北风一吹，它们大惊小怪地闹将起来，大大的黄叶便开始辞枝——起初突然地落脱一两张来；后来成群地飞下一大批来，好像谁从高楼上丢下来的东西。枝头渐渐地虚空了，露出树后面的房屋来、终于只剩几根枝条，回复了春初的面目。这几天它们空手站在我的窗前，好像曾经娶妻生子而家破人亡了的光棍，样子怪可怜的！我想起了古人的诗："高高山头树，风吹叶落去。一去数千里，何当还故处？"①现在倘要搜集它们的一切落叶来，使它们一齐变绿，重还故枝，回复夏日的光景，即使仗了世间一切支配者的势力，尽了世间一切机械的效能，也是不可能的事了！回黄转绿世间多，但象征悲哀的莫如落叶，尤其是梧桐的落叶。落花也曾令人悲哀。但花的寿命短促，犹如婴儿初生即死，我们虽也怜惜他，但因对他的关系未久，回忆不多，因之悲哀也不深。叶的寿命比花长得多，尤其是梧桐的叶，自初生至落尽，占有大半年之久，况且这般繁茂，这般盛大！眼前高厚浓重的几堆大绿，一朝化为乌有，"无常"的象征，莫大于此了！

　　但它们的主人，恐怕没有感到这种悲哀。因为他们虽然种植了它们，所有了它们，但都没有看见上述的种种光景。他们只是坐在窗下瞧瞧它们的根干，站在阶前仰望它们的枝叶，为它们扫扫落叶而已，何从看见它们的容貌呢？何从感到它们的象征呢？可知自然是不能被占有的。可知艺术也是不能被占有的。

1935年11月28日作

---

①出自北朝民歌《紫骝马歌辞》。

生
机

丰子恺

去年除夜买的一球水仙花，养了两个多月，直到今天方才开花。

今春天气酷寒，别的花木萌芽都迟，我的水仙尤迟。因为它到我家来，遭了好几次灾难，生机被阻抑了。

第一次遭的是旱灾，其情形是这样：它于去年除夕到我家，当时因为我的别寓里没有水仙花盆，我特为跑到瓷器店去买一只纯白的瓷盘来供养它。这瓷盘很大、很重，原来不是水仙花盆。据瓷器店里的老头子说，它是光绪年间的东西，是官场中请客时用以盛某种特别肴馔的家伙。只因后来没有人用得着它，至今没有卖脱。我觉得普通所谓水仙花盆，长方形的，扇形的，在过去的中国画里都已看厌了，而且形式都不及这家伙好看。就假定这家伙是为我特制的水仙花盆，买了它来，给我的水仙花配合，形状色彩都很调和。看它们在寒窗下绿白相映，素艳可喜，谁相信这是官场中盛酒肉的东西？可是它们结合不到一个月，就要别离。为的是我要到石门湾去过阴历年，预期在缘缘堂住一个多月，希望把这水仙花带回去，看它开花才好。如何带法？颇费踌躇：叫工人阿毛拿了这盆水仙花乘火车，恐怕有人说阿毛提倡风雅；把它装进皮箱里，又不可能。于是阿毛提议："盘儿不要它，水仙花拔起来装在饼干箱里，携了上车，到家不过三四个钟头，不会旱杀的。"我通过了。水仙就与盘暂别，坐在饼干箱里旅行。回到家里，大家纷忙得很，我也忘记了水仙花。三天之后，阿毛突然说起，我猛然觉悟，找寻它的下落，原来被人当作饼干，搁在石灰甏（bèng）上。连忙取出一看，绿叶憔悴，根须焦黄。阿毛说："勿碍。"立刻把它供养在家里旧有的水仙花盆中，又放些白糖在水里。幸而果然勿碍，过了几天它又欣欣向荣了。是为第一次遭的旱灾。

第二次遭的是水灾，其情形是这样：家里的水仙花盆中，原有

许多色泽很美丽的雨花台石子。有一天早晨，被孩子们发现了，水仙花就遭殃：他们说石子里统是灰尘，埋怨阿毛不先将石子洗净，就代替他做这番工作。他们把水仙花拔起，暂时养在脸盆里，把石子倒在另一脸盆里，拨到墙角的太阳光中，给它们一一洗刷。雨花台石子浸着水，映着太阳光，光泽、色彩、花纹，都很美丽。有几颗可以使人想象起"通灵宝玉"来。看的人越聚越多，孩子们尤多，女孩子最热心。她们把石子照形状分类，照色彩分类，照花纹分类；然后品评其好坏，给每块石子打起分数来；最后又利用其形色，用许多

石子拼起图案来。图案拼好她们自去吃年糕了!年糕吃好,她们又去踢毽子了;毽子踢好,她们又去散步了。直到晚上,阿毛在墙角发现了石子的图案,叫道:"咦,水仙花哪里去了?"东寻西找,发现它横卧在花台边上的脸盆中,浑身浸在水里。自晨至晚,浸了十来小时,绿叶已浸得发肿,发黑了!阿毛说:"勿碍。"再叫小石子给它扶持,坐在水仙花盆中。是为第二次遭的水灾。

第三次遭的是冻灾,其情形是这样的:水仙花在缘缘堂里住了一个多月。其间春寒太甚,患难迭起。其生机被这些天灾人祸所阻抑,始终不能开花。直到我要离开缘缘堂的前一天,它还是含苞未放。我此去预定暮春回来,不见它开花又不甘心,以问阿毛。阿毛说:"用绳子穿好,提了去!这回不致忘记了。"我赞成。于是水仙花倒悬在阿毛的手里旅行了。它到了我的寓中,仍旧坐在原配的盆里。雨水过了,不开花。惊蛰过了,又不开花。阿毛说:"不晒太阳的缘故。"就掇到阳台上,请它晒太阳。今年春寒殊甚,阳台上虽有太阳光,同时也有料峭的东风,使人立脚不住。所以人都闭居在室内,从不走到阳台上去看水仙花。房间内少了一盆水仙花也没有人查问。直到次日清晨,阿毛叫了:"啊哟!昨晚水仙花没有拿进来,冻杀了!"一看,盆内的水连底冻,敲也敲不开;水仙花里面的水分也冻,其鳞茎冻得像一块白石头,其叶子冻得像许多翡翠条。赶快拿进来,放在火炉边。久之久之,盆里的水溶了,花里的水也溶了;但是叶子很软,一条一条弯下来,叶尖儿垂在水面。阿毛说:"乌者"①我觉得的确有些儿"乌",但是看它的花蕊还是笔挺地立着,想来生机没有完全丧尽,还有希望。以问阿毛,阿毛摇头,随后说:"索性拿到灶间里去,暖些,我也可以常常顾到。"

---

①乌者:意即糟了。

我赞成。垂死的水仙花就被从房中移到灶间。是为第三次遭的冻灾。

谁说水仙花清？它也像普通人一样，需要烟火气的。自从移入灶间之后，叶子渐渐抬起头来，花苞渐渐展开。今天花儿开得很好了！阿毛送它回来，我见了心中大快。此大快非仅为水仙花。人间的事，只要生机不灭，即使重遭天灾人祸，暂被阻抑，终有抬头的日子。个人的事如此，家庭的事如此，国家、民族的事也如此。

1936年3月作

蜜蜂

丰子恺

正在写稿的时候，耳朵近旁觉得有"嗡嗡"之声，间以"得得"之声。因为文思正畅快，只管看着笔底下，无暇抬头来探究这是什么声音。然而"嗡嗡"，"得得"，也只管在我耳旁继续作声，不稍间断。过了几分钟之后，它们已把我的耳鼓刺得麻木，在我似觉这是写稿时耳旁应有的声音，或者一种天籁，无须去探究了。

等到文章告一段落，我放下自来水笔，照例伸手向罐中取香烟的时候，我才举头看见这"嗡嗡"，"得得"之声的来源。原来有一只蜜蜂，向我案旁的玻璃窗上求出路，正在那里乱撞乱叫。

我以前只管自己的工作，不起来为它谋出路，任它乱撞乱叫到这许久时光，心中觉得有些抱歉。然而已经挨到现在，况且一时我也想不出怎样可以使它钻得出去的方法，也就再停一会儿，等到点着了香烟再说。

我一边点香烟，一边旁观它的乱撞乱叫。我看它每一次钻，先飞到离玻璃一二寸的地方，然后直冲过去，把它的小头在玻璃上"得，得"地撞两下，然后沿着玻璃"嗡嗡"地向四处飞鸣。其意思是想在那里找一个出身的洞。也许不是找洞，为的是玻璃上很光滑，使它立脚不住，只得向四处乱舞。乱舞了一回之后，大概它悟到了此路不通，于是再飞开来，飞到离玻璃一二寸的地方，重整旗鼓，向玻璃的另一处地方直撞过去。因此"嗡嗡"，"得得"，一直继续到现在。

我看了这模样觉得非常可怜。求生活真不容易，只做一只小小的蜜蜂，为了生活也须碰到这许多钉子。我诅咒那玻璃，它一面使它清楚地看见窗外花台里含着许多蜜汁的花，以及天空中自由翱翔的同类，一面又周密地拦阻它，永远使它可望而不可即。这真是何等恶毒的东西！它又仿佛是一个骗子，把窗外的广大的天地和灿烂的春色给蜜蜂看，诱它飞来。等它飞来了，却用一种无形的阻力拦住它，永不使它出头，或竟可使它撞死在这种阻力之下。

因了诅咒玻璃，我又羡慕起物质文明未兴时的幼年生活的诗趣来。我家祖母年年养蚕。每当蚕宝宝上山的时候，堂前装纸窗以防风。为了一双燕子常要出入，特地在纸窗上开一个碗来大的洞，当作燕子的门，那双燕子似乎通人意的，来去时自会把翼稍稍敛住，穿过这洞。这般情景，现在回想了使我何等憧憬！假如我案旁的窗不用玻璃而换了从前的纸窗，我们这蜜蜂总可钻得出去。即使撞两下，也是软软地，没有什么苦痛。求生活在从前容易得多，不但人类社会如此，连虫类社会也如此。

我点着了香烟之后就开始为它谋出路。但这是一件很不容易的事。叫它不要在这里钻，应该回头来从门里出去，它听不懂我的话。用手硬把它捉住了到门外去放，它一定误会我要害它，会用螯反害我，使我的手肿痛的不能工作。除非给他开窗；但是这扇窗不容易

开，窗外堆叠着许多笨重的东西，须得先把这些东西除去，方可开窗。这些笨重的东西不是我一人之力所能除去的。

于是我起身来请同室的人帮忙，大家合力除去窗外的笨重的东西，好把窗开了，让我们这蜜蜂得到出路。但是同室的人大家不肯，他们说，"我们做工都很疲倦了，哪有余力去搬重物而救蜜蜂呢？"我顿觉自己也很疲惫，没有搬这些重物的余力。救蜜蜂的事就成了问题。

忽然门里走进一个人来和我说话。为了不能避免的事，我立刻被他拉了一同出门去，就把蜜蜂的事忘却了。等到我回来的时候，这蜜蜂已不见。不知道是飞去了，被救了，还是撞杀了。

1935年3月7日于杭州

养鸭

丰子恺

　　除了例假日有长长大大的四个学生——两大学、一高中、一专科——回家来热闹一番之外，经常住在家里的只有三个半人：我们老夫妇二人，一个男工和一个五岁的男孩。但畜生倒有八口：两狗，两猫，两鸽和两鸭。有一位朋友看见了说："人少畜生多。"

　　这许多畜生之中，我最喜欢的是两只鸭。狗是为了防窃贼设法讨来的，猫是为了抵抗老鼠出了四百多块钱买来的，都有实用性。并且狗的贪婪，无耻和势利，猫的凶狠和谄媚，根本不能使我喜欢。至于鸽子呢，新近友人送来的，养得不久。我虽久仰它们的敏捷和信义，但是交情还浅，尚未领教，也只得派在不欢喜之列。唯有两只鸭，我觉得有意思。

　　这一对鸭不是原配，是一个寡妇和一个第二后夫。来由是这样的：今年暮春，一吟（就是那专科生）从街上买了一对小鸭回来。小得很，两只可以并排站在手掌上。白天在后门外水田游泳，晚上共睡在一只小篮里，挂在梁上：为的是怕黄鼠狼拖去吃。鸭子长的很快，不久小蓝嫌挤，就改睡在一个字纸篓里，还是挂在梁上。有一天半夜里，我半睡中听见室内哗啦哗啦地响，后来是鸭子叫。我连忙起身，拿电筒一照，只见字纸篓正在摇荡中，下面地上，一只小雄鸭仰卧在血泊中。仔细一看，头颈已被咬断，血如泉涌了。连忙探望字纸篓，小雌鸭幸而还在。环视室内，凶手早已不知去向了。这件血案闹的全家的人都起来。看着残生的小雌鸭，各人叹了好几口气。

　　后来一吟又买了一只小雄鸭来。大小和小雌鸭仿佛。几日来，小雌鸭形单影只，如今又鹣（jiān）鹣鲽（dié）鲽了。自从那件血案发生以后，我们每晚戒备很严，这一对续弦的小鸭，安全地长大起来，直到七月初我们迁居新屋的时候，已经长成一对中鸭了。新屋四周没有邻居，却有篱笆围着一块空地。我们在篱笆内掘一个小塘，就称为乳鸭池塘。一对鸭子尽日在篱笆内仰视俯察，逡巡游泳，在我的岑寂的闲居生活上增添了一种生趣。不知不觉之间，它们已长成大

鸭。全身雪白，两脚大黄①，翅膀上几根羽毛，黑色里透着金光，很是美观。它们晚上睡在屋檐下一只箩子底下。箩子上面压上一块石板，也是为防黄鼠狼。谁知有一天的破晓，我睡醒来，听见连新——我们的男工，在叫喊。起来探问，才知道一只雄鸭又被拖去了，一道血迹从箩子边洒到篱笆的一个洞口，洞外也有些点滴，迤逦向荒山而去。查问根由，原来昨夜连新忘记在箩子上压石板，黄鼠狼就来启箩偷鸭了。既经的疏忽也不必责咎。只是以后的情景着实可怜。那雌鸭放出箩来，东寻西找，仰天长鸣，"轧轧"之声，竟日不绝。其声慌张，焦躁，而似乎含有痛楚，使闻者大为不安。所谓"行人驻足听，寡妇起彷徨"者，大约是类乎此的鸣声吧。以前小雄鸭被害了，它满不在乎，照旧吃食游水，我曾经笑它"它毕竟是禽兽"但照如今看来，毕竟是人的同类，也是含识的、有情的众生。傍晚我偶然走到

①大黄，即橙黄。

箩子旁边，看见早上喂的饭全没有动。

雌鸭"丧其所天"之后，一连三四日"轧轧"地哀鸣，东张西望地寻觅。后来也就沉静了，但样子很异常，时时俯在地上叩头，同时"咯咯"地叫。从前的邻人周婆婆来，看见了，说她是需要雄鸭。我就托周婆婆作媒，过了几天，周婆婆果然提了一只雄鸭来，身材同它一样大小，毛色比它更加鲜美。雄鸭一到地上，立刻跟着雌鸭悠然而逝，直到屋后篱角，花阴深处盘桓了。它们好像是旧相识的。

这一对鸭就是我现在所喜欢的畜生。我喜欢它们，不仅为了上述的一段哀史，大半也是为了鸭这种动物的性行。从前意大利的辽巴第①喜欢鸟，曾作"百鸟颂"。鸭也是鸟类，却没有被颂在里头，我实在要替鸭抱不平。许多人说，鸭步行的态度太难看，我以为不然，摇摇摆摆地走路，样子天真自然，另有一种"滑稽美"。狗走起路来皇皇如也，好像去赶公事；猫走起路来偷偷摸摸，好像去干暗杀，这才是真难看。但我之所以喜欢鸭子，主要是为了它们的廉耻。人去喂食的时候，鸭一定远远的避开，直到人去远了才慢慢地走近来吃。正在吃的时候，倘有人远远地走过来，一定立刻舍食而去，绝不留恋。虽然鸭子终吃了人们的饭，但其态度非常漂亮，绝不摇尾乞怜，绝不贪婪争食，颇有"履霜坚冰"之操，"不食嗟来"之志，比较之下，狗和猫实在可耻：狗之贪食，恐怕动物中无出其右了。喂食的时候，人还没有走到食盆边，狗已摇头摆尾地先到，而且把头向空盆里乱钻。所以倒下去的食物往往都倒在狗头上。猫是上桌子的畜生，其贪吃更属可怕。不管是灶头上，柜子里，乘人不备，到处偷吃。甚至于人们吃饭的时候，会跳上人膝，向人的饭碗里抢东西吃。一旦抢到了美味的食物，若有人追打，便发出一种吼声，其声的凶狠，可以使人想象老虎或雷电。足证它是用尽全身之力，为食物而

---

①辽巴第：即列奥巴尔迪（1798-1837），意大利诗人。

拼命了。凡此种种丑态在我们的鸭子全然没有。鸭子，即使人们忘了喂食，仍是摇摇摆摆地自得其乐。这不是最可爱的动物吗?

　　这两只鸭，我决定养它们到老死。我想准备一只笼子，将来好关进笼里，带它们坐轮船，穿过巴峡巫峡，经过汉口南京，一同回到我的故乡。

1943年11月17日

春

春是多么可爱的一个名词！自古以来的人都赞美它，希望它长在人间。诗人，特别是词客，对春爱慕尤深。试翻词选，差不多每一页上都可以找到一个春字。后人听惯了这种话，自然地随喜附和，即使实际上没有理解春的可爱的人，一说起春也会觉得欢喜。这一半是春这个字的音容所暗示的。"春！"你听，这个音读起来何等铿锵而惺忪可爱！这个字的形状何等齐整妥帖而具足对称的美！这么美的名字所隶属的时节，想起来一定很可爱。好比听见名叫"丽华"的女子，想来一定是个美人。

然而实际上春不是那么可喜的一个时节。我积三十六年之经验，深知暮春以前的春天，生活上是很不愉快的。

梅花带雪开了，说道是漏泄春的消息。但这完全是精神上的春，实际上雨雪霏霏，北风烈烈，与严冬何异？所谓迎春的人，也只是瑟缩地躲在房栊内，战栗地站在屋檐下，望望枯枝一般的梅花罢了！

再迟个把月吧，就像现在：惊蛰已过，所谓春将半了。住在都会里的朋友想象此刻的乡村，足有画图一般美丽，连忙写信来催我写春的随笔。好像因为我偎傍着春，惹他们妒忌似的。其实我们住在乡村间的人，并没有感到快乐，却生受了种种的不舒服：寒暑表激烈地升降于三十六度至六十二度①之间。一日之内，乍暖乍寒。暖起来可以想起都会里的冰激凌，寒起来几乎可见天然冰，饱尝了所谓"料峭"的滋味。天气又忽晴忽雨，偶一出门，干燥的鞋子往往拖泥带水归来。"一春能有几番晴"是真的；"小楼一夜听春雨"其实没有什么好听，单调得很，远不及你们都会里的无线电的花样繁多呢。春将半了，但它并没有给我们一点舒服，只教我们天天愁寒，愁暖，愁风，愁雨。正是"三分春色二分愁，更一分风雨！"

---

①均指华氏度。

　　春的景象，只有乍寒，乍暖，忽晴，忽雨是实际而明确的。此外虽有春的美景，但都隐约模糊，要仔细探寻，才可依稀仿佛地见到，这就是所谓"寻春"吧？有的说"春在卖花声里"，有的说"春在梨花"，又有的说"红杏枝头春意闹"，但这种景象在我们这枯寂的乡村里都不易见到。即使见到了，肉眼也不易认识。总之，春所带来的美，少而隐；春所带来的不快，多而确。诗人词客似乎也承认这一点，春寒，春困，春愁，春怨，不是诗词中的常谈吗？不但现在如此，就是再过个把月，到了清明时节，也不见得一定春光明媚，令人极乐。倘又是落雨，路上的行人将要"断魂"呢。

　　可知春徒有其名，在实际生活上是很不愉快的。实际，一年中最愉快的时节，是从暮春开始的。就气候上说，暮春以前虽然大体逐渐由寒向暖，但变化多端，始终是乍寒、乍暖，最难将息的时候，

到了暮春，方才冬天的影响完全消灭，而一路向暖。寒暑表上的水银爬到temperate（温和）上，正是气候最temperate的时节。就景色上说，春色不须寻找，有广大的绿野青山，慰人心目。古人词云："杜宇一声春去，树头无数青出。"[1]原来山要到春去的时候方才全青，而惹人注目。我觉得自然景色中，青草与白雪是最伟大的现像。造物者描写"自然"这幅大画图时，对于春红，秋艳，都只是略蘸些胭脂，朱磦[2]，轻描淡写。到了描写白雪与青草，他就毫不吝惜颜料，用刷子蘸了铅粉，藤黄和花青而大块地涂抹，使屋屋皆白，山山皆青。这仿佛是米派山水[3]的点染法，又好像是Cèzanne[4]风景画的"色的块"，何等泼辣的画风！而草色青青，连天遍野，尤为和平可亲、大公无私的春色。花木有时被关闭在私人的庭园里，吃了园丁的私刑而献媚于绅士淑女之前。草则到处自生自长，不择贵贱高下。人都以为花是春的作品，其实春工不在花枝，而在于草。看花的能有几人？草则广泛地生长在大地的表面，普遍地受大众的欣赏。这种美景，是早春所见不到的。那时候山野中枯草遍地，满目憔悴之色，看了令人不快。必须到了暮春，枯草尽去，才有真的青山绿野的出现，而天地为之一新。一年好景，无过于此时。自然对人的恩宠，也以此时为最深厚了。

　　讲求实利的西洋人，向来重视这季节，称之为May（五月）。May是一年中最愉快的时节，人间有种种的娱乐，即所谓May-queen（五月美人）、May-pole（五月彩柱）、May-games（五月游艺）等。May这一个字，原是"青春"，"盛年"的意思。可知西洋人视一年中的五月，犹如人生中的青年，为最快乐、最幸福、最精彩

---

① 出自金末元初词人元好问《清平乐·离肠宛转》。
② 朱磦：国画颜料的一种。
③ 米派山水：中国传统山水画的重要流派，由宋代米芾、米友仁父子开创。
④ 保罗·塞尚（1839-1906）：法国画家，后期印象画派的代表人物。

的时期。这确是名符其实的。但东洋人的看法就与他们不同：东洋人称这时期为暮春，正是留春，送春，惜春，伤春，而感慨，悲叹，流泪的时候，全然说不到乐。东洋人之乐，乃在"绿柳才黄半未匀"的新春，便是那忽晴，忽雨，乍暖，乍寒，最难将息的时候。这时候实际生活上虽然并不舒服，但默察花柳的萌动，静观天地的回春，在精神上是最愉快的。故西洋的"May"相当于东洋的"春"。这两个字读起来声音都很好听，看起来样子都很美丽。不过May是物质的、实利的，而春是精神的、艺术的。东西洋文化的判别，在这里也可窥见。

1934年3月12日夜10时

黄山印象

丰子恺

看山，普通总是仰起头来看的。然而黄山不同，常常要低下头去看。因为黄山是群山，登上一个高峰，就可俯瞰群山。这教人想起杜甫的诗句"会当凌绝顶，一览众山小！"而精神为之兴奋，胸襟为之开朗。我在黄山盘桓了十多天，登过紫云峰，立马峰，天都峰，玉屏峰，光明顶，狮子林，眉毛峰等山，常常爬到绝顶，有如苏东坡游赤壁的"履巉岩，披蒙茸，踞虎豹，登虬龙，攀栖鹘之危巢，俯冯夷之幽宫"。

在黄山中，不但要低头看山，还要面面看山。因为方向一改变，山的样子就不同，有时竟完全两样。例如从玉屏峰望天都峰，看见旁边一个峰顶上有一块石头很像一只松鼠，正在向天都峰跳过去的样子。这景致就叫"松鼠跳天都"。然而爬到天都峰上望去，这松鼠却变成了一双鞋子。又如手掌峰，从某角度望去竟像一个手掌，五根手指很分明。然而峰回路转，这手掌就变成了一个拳头。他如"罗汉拜观音"，"仙人下棋"，"喜鹊登梅"，"梦笔生花"，"鳌鱼驮金龟"等景致，也都随时改样，变幻无定。如果我是个好事者，不难替这些石山新造出几十个名目来，让导游人增加些讲解资料。然而我没有这种雅兴，却听到别人新取了两个很好的名目：有一次我们从西海门凭栏俯瞰，但见无数石山拔地而起，真像万笏朝天；其中有一个石山由许多方形石块堆积起来，竟同玩具中的积木一样，使人不相信是天生的，而疑心是人工的。导游人告诉我：有一个上海来的游客，替这石山取个名目，叫做"国际饭店"。我一看，果然很像上海南京路上的国际饭店。有人说这名目太俗气，欠古雅。我却觉得有一种现实的美感，比古雅更美。又有一次，我们登光明顶，望见东海（这海是指云海）上有一个高峰，腰间有一个缺口，缺口里有一块石头，很像一只蹲着的青蛙。气象台里有一个青年工作人员告诉我：他们自己替这景致取一个名目，叫作"青蛙跳东海"。我一看，果然很像一只青蛙将要跳到东海里去的样子。这名目取得很适当。

　　翻山过岭了好几天，最后逶迤下山，到云谷寺投宿。这云谷寺位在群山之间的一个谷中。由此再爬过一个眉毛峰，就可以回到黄山宾馆而结束游程了。我这天傍晚到达了云谷寺，发生了一种特殊的感觉，觉得心情和过去几天完全不同。起初想不出其所以然，后来仔细探索，方才明白原因：原来云谷寺位在较低的山谷中，开门见山，而这山高得很，用"万丈"、"插云"等语来形容似乎还嫌不够，简直可用"凌霄"、"逼天"等字眼。因此我看山必须仰起头来。古语云："高山仰止"，可见仰起头来看山是正常的，而低下头去看山是异常

的。我一到云谷寺就发生一种特殊的感觉，便是因为在好几天异常之后突然恢复正常的原故。这时候我觉得异常固然可喜，但是正常更为可爱。我躺在云谷寺宿舍门前的藤椅里，卧看山景，但见一向异常地躺在我脚下的白云，现在正常地浮在我头上了，觉得很自然。它们无心出岫，随意来往；有时冉冉而降，似乎要闯进寺里来访问我的样子。我便想起某古人的诗句："白云无事常来往，莫怪山僧不送迎。"好诗句啊！然而叫我做这山僧，一定闭门不纳，因为白云这东西是很潮湿的。

此外也许还有一个原因：云谷寺是旧式房子，三开间的楼屋。我们住在楼下左右两间里，中央一间作为客堂；廊下很宽，布设桌椅，可以随意起卧，品茗谈话，饮酒看山，比过去所住的文殊院、北海宾馆、黄山宾馆趣味好得多。文殊院是石造二层楼屋，房间像轮船里的房舱或火车里的卧车：约一方丈大小的房间，中央开门，左右两床相对，中间靠窗设一小桌，每间都是如此。北海宾馆建筑宏壮，房间较大，但也是集体宿舍式的：中央一条走廊，两旁两排房间，间间相似。黄山宾馆建筑尤为富丽堂皇，同上海的国际饭店、锦江饭店等差不多。两宾馆都有同上海一样的卫生设备。这些房屋居住固然舒服，然而太刻板，太洋化；住得长久了，觉得仿佛关在笼子里。云谷寺就没有这种感觉，不像旅馆，却像人家家里，有亲切温暖之感和自然之趣。因此我一到云谷寺就发生一种特殊的感觉。云谷寺倘能添置卫生设备，采用些西式建筑的优点：两宾馆的建筑倘能采用中国方式，而加西洋设备，使外为中用，那才是我所理想的旅舍了。

这又使我回想起杭州的一家西菜馆的事，附说在此：此次我游黄山，道经杭州，曾经到一个西菜馆里去吃一餐午饭。这菜馆采用西式的分食办法，但不用刀叉而用中国的筷子。这办法好极。原来中国的合食是不好的办法，各人的唾液都可能由筷子带进菜碗里，拌

匀了请大家吃。西洋的分食办法就没有这弊端，很应该采用。然而西洋的刀叉，中国人实在用不惯，我们还是用筷子便当。这西菜馆能采取中西之长，创造新办法，非常合理，很可赞佩。当时我看见座上多半是农民，就恍然大悟：农民最不惯用刀叉，这合理的新办法显然是农民教他们创造的。

1961年5月20日于上海记

给我的孩子们

丰子恺

　　我的孩子们！我憧憬于你们的生活，每天不止一次！我想委曲地说出来，使你们自己晓得。可惜到你们懂得我的话的意思的时候，你们将不复是可以使我憧憬的人了。这是何等可悲哀的事啊！

　　瞻瞻！你尤其可佩服。你是身心全部公开的真人。你什么事体都像拚命地用全副精力去对付。小小的失意，像花生米翻落地了，自己嚼了舌头了，小猫不肯吃糕了，你都要哭得嘴唇翻白，昏去一两分钟。外婆普陀去烧香买回来给你的泥人，你何等鞠躬尽瘁地抱他，喂他；有一天你自己失手把他打破了，你的号哭的悲哀，比大人们的破产，失恋，broken heart[1]——丧考妣、全军覆没的悲哀都要真切。两把芭蕉扇做的脚踏车，麻雀牌堆成的火车，汽车，你何等认真地看待，挺直了嗓子叫"汪——，""咕咕咕……"，来代替汽笛。宝姊姊讲故事给你听，说到"月亮姊姊挂下一只篮来，宝姊姊坐在篮里吊了上去，瞻瞻在下面看"的时候，你何等激昂地同她争，说"瞻瞻要上去，宝姊姊在下面看！"什至哭到漫姑[2]面前去求审判。我每次剃了头，你真心地疑我变了和尚，好几时不要我抱。最是今年夏天，你坐在我膝上发见了我腋下的长毛，当做黄鼠狼的时候，你何等伤心，你立刻从我身上爬下去，起初眼瞪瞪地对我端详，继而大失所望地号哭，看看，哭哭，如同对被判定了死罪的亲友一样。你要我抱你到车站里去，多多益善地要买香蕉，满满地擒了两手回来，回到门口时你已经熟睡在我的肩上，手里的香蕉不知落在哪里去了。这是何等可佩服的真率、自然与热情！大人间的所谓"沉默"，"含蓄"，"深刻"的美德，比起你来，全是不自然的，病的，伪的！

　　你们每天做火车，做汽车，办酒，请菩萨，堆六面画，唱歌、全是自动的，创造创作的生活。大人们的呼号"归自然！""生活的艺术化！""劳动的艺术化！"在你们面前真是出丑得很了！依样画几

----

①broken heart：心碎。
②漫姑：即作者的三姐丰满。

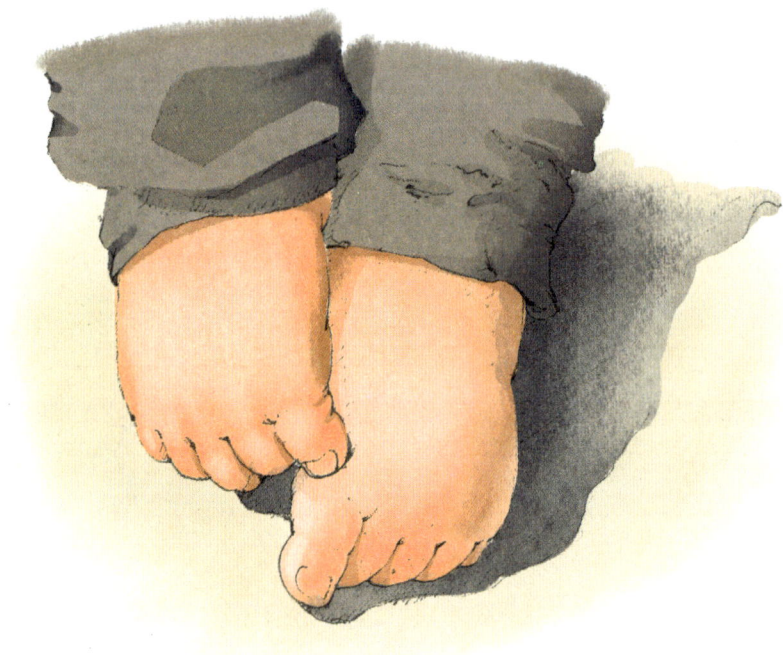

笔画，写几篇文的人称为艺术家、创作家，对你们更要愧死！

你们的创作力，比大人真是强盛得多哩。瞻瞻！你的身体不及椅子的一半，却常常要搬动它，与它一同翻倒在地上；你又要把一杯茶横转来藏在抽斗里，要皮球停在壁上，要拉住火车的尾巴，要月亮出来，要天停止下雨。在这等小小的事件中，明明表示着你们的弱小的体力与智力不足以应付强盛的创作欲、表现欲的驱使，因而遭逢失败。然而你们是不受大自然的支配，不受人类社会的束缚的创造者，所以你的遭逢失败，例如火车尾巴拉不住，月亮呼不出来的时候，你们决不承认是事实的不可能，总以为是爹爹妈妈不肯帮你们办到，同不许你们弄自鸣钟同例，所以愤愤地哭了。你们的世界何等广大！

你们一定想：终天无聊地伏在案上弄笔的爸爸，终天闷闷地坐在窗下弄引线的妈妈，是何等无气性的奇怪的动物！你们所视为奇

怪动物的我与你们的母亲，有时确实难为了你们，摧残了你们，回想起来，真是不安心得很！

阿宝！有一晚你拿软软的新鞋子，和自己脚上脱下来的鞋子，给凳子的脚穿了，划(chǎn)袜立在地上，得意地叫"阿宝两只脚，凳子四只脚"的时候，你母亲喊着"龌龊了袜子！"立刻擒你到藤榻上，动手毁坏你的创作。当你蹲在榻上注视你母亲动手毁坏的时候，你的小心眼里一定感到"母亲这种人，何等杀风景而野蛮"吧！

瞻瞻！有一天开明书店送了几册新出版的毛边的《音乐入门》来。我用小刀把书页一张一张地裁开来，你侧着头，站在桌边默默地看。后来我从学校回来，你已经在我的书架上拿了一本连史纸印的中国装的《楚辞》，把它裁破了十几页，得意地对我说："爸爸！瞻瞻也会裁了！"瞻瞻！这在你原是何等成功的欢喜，何等得意的作品！却被我一个惊骇的"哼！"字喊得你哭了。那时候你也一定抱怨"爸爸何等不明"吧！

软软！你常常要弄我的长锋羊毫，我看见了总是无情地夺脱你。现在你一定轻视我，想道，你终于要我画你的画集的封面！ ①

最不安心的，是有时我还要拉一个你们所最怕的陆露沙医生来，教他用他的大手来摸你们的肚子，什至用刀来在你们臂上割几下，还要教妈妈和漫姑擒住了你们的手脚，捏住了你们的鼻子，把很苦的水灌到你们的嘴里去。这在你们一定认为是太无人道的野蛮举动吧！

孩子们！你们果真抱怨我，我倒欢喜；到你们的抱怨变为感激的时候，我的悲哀来了！

我在世间，永没有逢到像你们这样出肺肝相示的人。世间的人群结合，永没有像你们样的彻底地真实而纯洁。最是我到上海去干了无聊的所谓"事"回来，或者去同不相干的人们做了叫做"上课"

---

①《子恺画集》的封面画是软软所作。

的一种把戏回来, 你们在门口或车站旁等我的时候, 我心中何等惭愧又欢喜! 惭愧我为什么去做这等无聊的事, 欢喜我又得暂时放怀一切地加入你们的真生活的团体。

但是, 你们的黄金时代有限, 现实终于要暴露的。这是我经验过来的情形, 也是大人们谁也经验过来的情形。我眼看见儿时的伴侣中的英雄、好汉, 一个个退缩, 顺从, 妥协, 屈服起来, 到像绵羊的地步。我自己也是如此。"后之视今, 亦犹今之视昔"①, 你们不久也要走这条路呢!

我的孩子们! 憧憬于你们的生活的我, 痴心要为你们永远挽留这黄金时代在这册子里。然这真不过像"蜘蛛网落花", 略微保留一点春的痕迹而已。且到你们懂得我这片心情的时候, 你们早已不是这样的人, 我的画在世间已无可印证了! 这是何等可悲哀的事啊!

①出自东晋时期著名书法家王羲之《兰亭集序》。

忆
儿
时

丰
子
恺

一

我回忆儿时，有三件不能忘却的事。

第一件是养蚕。那是我五六岁时，我祖母在日的事。我祖母是一个豪爽而善于享乐的人。良辰佳节不肯轻轻放过。养蚕也每年大规模地举行。其实，我长大后才晓得，祖母的养蚕并非专为图利，叶贵的年头常要蚀本，然而她喜欢这暮春的点缀，故每年大规模地举行。我所喜欢的，最初是蚕落地铺。那时我们的三开间的厅上、地上统是蚕，架着经纬的跳板，以便通行及饲叶。蒋五伯挑了担到地里去采叶，我与诸姐跟了去，去吃桑葚。蚕落地铺的时候，桑葚已很紫而甜了，比杨梅好吃得多。我们吃饱之后，又用一张大叶做一只碗，采了一碗桑葚，跟了蒋五伯回来。蒋五伯饲蚕，我就以走跳板为戏乐，常常失足翻落地铺里，压死许多蚕宝宝。祖母忙喊蒋五伯抱我起来，不许我再走。然而这满屋的跳板，像棋盘街一样，又很低，走起来一点也不怕，真是有趣。这真是一年一度的难得的乐事！所以虽然祖母禁止，我总是每天要去走。

蚕上山之后，全家静默守护，那时不许小孩子们吵了，我暂时感到沉闷。然而过了几天，采茧，做丝，热闹的空气又浓起来了。我们每年照例请牛桥头七娘娘来做丝。蒋五伯每天买枇杷和软糕来给采茧、做丝、烧火的人吃。大家认为现在是辛苦而有希望的时候，应该享受这点心，都不客气地取食。我也无功受禄地天天吃多量的枇杷与软糕，这又是乐事。

七娘娘做丝休息的时候，捧了水烟筒，伸出她左手上的短少半段的小指给我看，对我说：做丝的时候，丝车后面，是万万不可走近去的。她的小指，便是小时候不留心被丝车轴棒轧脱的。她又说："小囝囝不可走近丝车后面去，只管坐在我身旁，吃枇杷，吃软糕。

还有做丝做出来的蚕蛹，叫妈妈用油炒一炒，真好吃哩！"然而我始终不要吃蚕蛹，大概是我爸爸和诸姐都不要吃的原故。我所乐的，只是那时候家里的非常的空气。日常固定不动的堂窗、长台、八仙椅子，都收拾去，而变成不常见的丝车、匾、缸，又不断地公然地可以吃小食。

丝做好后，蒋五伯口中唱着"要吃枇杷，来年蚕罢"，收拾丝车，恢复一切陈设。我感到一种兴尽的寂寥。然而对于这种变换，倒也觉得新奇而有趣。

现在我回忆这儿时的事，真是常常使我神往！祖母、蒋五伯、七娘娘、和诸姐，都像童话里、戏剧里的人物了。且在我看来，他们当时这剧的主人公便是我。何等甜美的回忆！只是这剧的题材，现在我仔细想想觉得不好：养蚕做丝，在生计上原是幸福的，然其本身是数万的生灵的杀虐！《西青散记》里面有两句仙人的诗句："自织藕丝衫子嫩，可怜辛苦赦春蚕。"安得人间也发明织藕丝的丝车，而尽赦天下的春蚕的性命！

我七岁上祖母死了，我家不复养蚕。不久父亲与诸姐弟相继死亡，家道衰落了，我的幸福的儿时也过去了。因此这回忆一面使我永远神往，一面又使我永远忏悔。

二

第二件不能忘却的事，是父亲的中秋赏月，而赏月之乐的中心，在于吃蟹。

我的父亲中了举人之后，科举就废，他无事在家，每天吃酒、看书。他不要吃羊、牛、猪肉，而喜欢吃鱼、虾之类。而对于蟹，尤其喜欢。自七八月起直到冬天，父亲平日的晚酌规定吃一只蟹，一碗隔壁豆腐店里买来的开锅热豆腐干。他的晚酌，时间总在黄昏。八

仙桌上一盏洋油灯,一把紫砂酒壶,一只盛热豆腐干的瓷器盖碗,一把水烟筒,一本书,桌子角上一只端坐的老猫,我脑中这印像非常深刻,到现在还可以清楚地浮现出来。我在旁边看,有时他给我一只蟹脚或半块豆腐干。然我喜欢蟹脚。蟹的味道真好,我们五个姊妹兄弟,都喜欢吃,也是为了父亲喜欢吃的原故。只有母亲与我们相反,喜欢吃肉,而不喜欢又不会吃蟹,吃的时候常常被蟹螯上刺刺开手指,出血;而且挑剔得很不干净,父亲常常说她是外行。父亲说:吃蟹是风雅的事,吃法也要内行才懂得。先折蟹脚,后开蟹斗……脚上的拳头(即关节)里的肉怎样可以吃干净,脐里的肉怎样可以剔出……脚爪可以当作剔肉的针……蟹螯上的骨可以拼成一只很好看的蝴蝶……父亲吃蟹真是内行,吃得非常干净。所以陈妈妈说:"老爷吃下来的蟹壳,真是蟹壳。"

蟹的储藏所,就在天井角里的缸里,经常总养着十来只。到了七夕、七月半、中秋、重阳等节候上,缸里的蟹就满了,那时我们都有得吃,而且每人得吃一大只,或一只半。尤其是中秋一天,兴致更浓。在深黄昏,移桌子到隔壁的白场①上的月光下面去吃。更深人静,明月底下只有我们一家的人,恰好围成一桌,此外只有一个供差使的红英坐在旁边。大家谈笑,看月亮,他们——父亲和诸姐——直到月落时光,我则半途睡去,与父亲和诸姐不分而散。

这原是为了父亲嗜蟹,以吃蟹为中心而举行的。故这种夜宴,不仅限于中秋,有蟹的节季里的月夜,无端也要举行数次。不过不是良辰佳节,我们少吃一点,有时两人分吃一只。我们都学父亲,剥得很精细,剥出来的肉不是立刻吃的,都积受在蟹斗里,剥完之后,放一点姜醋,拌一拌,就作为下饭的菜,此外没有别的菜了。因为父亲吃菜是很省的,且他说蟹是至味。吃蟹时混吃别的菜肴,是乏味

---

①白场:作者家乡话,意即场地。

的。我们也学他，半蟹斗的蟹肉，过两碗饭还有余，就可得父亲的称赞，又可以白口吃下余多的蟹肉，所以大家都勉力节省。现在回想那时候，半条蟹腿肉要过两大口饭，这滋味真好！自父亲死了以后，我不曾再尝这种好滋味。现在，我已经自己做父亲，况且已经茹素，当然永远不会再尝这滋味了。唉！儿时欢乐，何等使我神往！

然而这一剧的题材，仍是生灵的杀虐！因此这回忆一面使我永远神往，一面又使我永远忏悔。

三

第三件不能忘却的事，是与隔壁豆腐店里的王囡囡的交游，而这交游的中心，在于钓鱼。

那是我十二三岁时的事。隔壁豆腐店里的王囡囡是当时我的小伴侣中的大阿哥。他是独子，他的母亲，祖母和大伯，都很疼爱他，给他很多的钱和玩具，而且每天放任他在外游玩。他家与我家贴邻而居。我家的人们每天赴市，必须经过他家的豆腐店的门口，两家的人们朝夕相见，互相来往。小孩子们也朝夕相见，互相来往。此外他家对于我家似乎还有一种邻人以上的深切的交谊，故他家的人对于我家特别要好，他的祖母常常拿自产的豆腐干、豆腐衣等来送给我父亲下酒。同时在小伴侣中，王囡囡也特别和我要好，他的年纪比我大，气力比我好，生活比我丰富，我们一道游玩的时候，他时时引导我、照顾我，犹似长兄对于幼弟。我们有时就在我家的染坊店里的榻上谈笑，有时相偕出游。他的祖母每次看见我俩一同玩耍，必叮嘱囡囡好好看侍我，勿要相骂。我听人说，他家似乎曾经患难，而我父亲曾经帮他们忙，所以他家大人们盼咐王囡囡照应我。

我起初不会钓鱼，是王囡囡教我的。他叫他大伯买两副钓竿，一副送我，一副他自己用。他到米桶里去捉许多米虫，浸在盛水的罐头里，领了我到木场桥头去钓鱼。他教给我看，先捉起一个米虫来，把钓钩由虫尾穿进，直穿到头部。然后放下水去。他又说："浮珠一动，你要立刻拉，那么钩子钩住鱼的颚，鱼就逃不脱。"我照他所教的试验，果然第一天钓了十几头白条，然而都是他帮我拉钓竿的。

第二天，他手里拿了半罐头扑杀的苍蝇。又来约我去钓鱼。途中他对我说："不一定是米虫，用苍蝇钓鱼更好。鱼喜欢吃苍蝇！"这一

天我们钓了一小桶各种的鱼。回家的时候，他把鱼桶送到我家里，说他不要。我母亲就叫红英去煎一煎，给我下晚饭。

自此以后，我只管欢喜钓鱼。不一定要王囡囡陪去，自己一人也去钓，又学得了掘蚯蚓来钓鱼的方法。而且钓来的鱼，不仅够自己下晚饭，还可送给店里人吃，或给猫吃。我记得这时候我的热心钓鱼，不仅出于游戏欲，又有几分功利的兴味在内。有三四个夏季，我热心于钓鱼，给母亲省了不少的菜蔬钱。

后来我长大了，赴他乡入学，不复有钓鱼的工夫。但在书中常常读到赞咏钓鱼的文句，例如什么"独钓寒江雪"，什么"渔樵度此身"，才知道钓鱼原来是很高雅的事。后来又晓得有所谓"游钓之地"的美名称，是形容人的故乡的。我大受其煽惑，为之大发牢骚：我想，"钓鱼确是雅的，我的故乡，确是我的游钓之地，确是可怀的故乡。"但是现在想想，不幸这题材也是生灵的杀虐！

我的黄金时代很短，可怀念的又只有这三件事。不幸而都是杀生取乐，都使我永远忏悔。

1927年 梅雨时节

华瞻的日记

丰子恺

一

隔壁二十三号里的郑德菱，这人真好！今天妈妈抱我到门口，我看见她在水门汀上骑竹马。她对我一笑，我分明看出这一笑是叫我去一同骑竹马的意思。我立刻还她一笑，表示我极愿意，就从母亲怀里走下来，和她一同骑竹马了。两人同骑一枝竹马，我想转弯了，她也同意；我想走远一点，她也欢喜；她说让马儿吃点草，我也高兴；她说把马儿系在冬青上，我也觉得有理。我们真是同志和朋友！兴味正好的时候，妈妈出来拉住我的手，叫我去吃饭。我说："不高兴。"妈妈说："郑德菱也要去吃饭了！"果然郑德菱的哥哥叫着"德菱！"也走出来拉住郑德菱的手去了。我只得跟了妈妈进去。当我们将走进各自的门口的时候，她回头向我一看，我也回头向她一看，各自进去，不见了。

我实在无心吃饭。我晓得她一定也无心吃饭。不然，何以分别的时候她不对我笑，而且脸上很不高兴呢？我同她在一块，真是说不出的有趣。吃饭何必急急？即使要吃，尽可在空的时候吃。其实照我想来，像我们这样的同志，天天在一块吃饭，在一块睡觉，多好呢？何必分作两家？即使要分作两家，反正爸爸同郑德菱的爸爸很要好，妈妈也同郑德菱的妈妈常常谈笑，尽可你们大人作一块，我们小孩子作一块，不更好么？

这"家"的分配法，不知是谁定的，真是无理之极了。想来总是大人们弄出来的。大人们的无理，近来我常常感到，不止这一端：那一天爸爸同我到先施公司去，我看见地上放着许多小汽车、小脚踏车，这分明是我们小孩子用的；但是爸爸一定不肯给我拿一部回家，让它许多空摆在那里。回来的时候，我看见许多汽车停在路旁；我要坐，爸爸一定不给我坐，让它们空停在路旁。又有一次，娘姨抱

我到街里去，一个揹着许多小花篮的老太婆，口中吹着笛子，手里拿着一只小花篮，向我看，把手中的花篮递给我；然而娘姨一定不要，急忙抱我走开去。这种小花篮，原是小孩子玩的，况且那老太婆明明表示愿意给我，娘姨何以一定叫我不要接呢？娘姨也无理，这大概是爸爸教她的。

我最欢喜郑德菱。她同我站在地上一样高，走路也一样快，心情志趣都完全投合。宝姐姐或郑德菱的哥哥，有些不近情的态度，我看他们不懂。大概是他们身体长大，稍近于大人，所以心情也稍像大人的无理了。宝姐姐常常要说我"痴"。我对爸爸说，要天不下雨，好让郑德菱出来，宝姐姐就用指点着我，说："瞻瞻痴！"怎么叫"痴"？你每天不来同我玩耍，夹了书包到学校里去，难道不是"痴"吗？爸爸整天坐在桌子前，在文章格子上一格一格地填字，难道不是"痴"吗？天下雨，不能出去玩，不是讨厌的吗？我要天不要下雨，正是近情合理的要求。我每天晚快①听见你要爸爸开电灯，爸爸给你开了，满房间就明亮；现在我也要爸爸叫天不下雨，爸爸给我做了，晴天岂不也爽快呢？你何以说我"痴"？郑德菱的哥哥虽然没有说我什么，然而我总讨厌他。我们玩耍的时候，他常常板起脸，来拉郑德菱，说"赤了脚到人家家里，不怕难为情！"又说"吃人家的面包，不怕难为情！"立刻拉了她去。"难为情"是大人们惯说的话，大人们常常不怕厌气②，端坐在椅子里，点头，弯腰，说什么"请，请"，"对不起"，"难为情"一类的无聊的话，他们都有点像大人了！

啊！我很少知己！我很寂寞！母亲常常说我"会哭"，我哪得不哭呢？

---

①晚快：浙江方言，即傍晚。
②厌气：是上海一带的方言，有无聊、烦闷的意思。

二

今天我看见一种奇怪的现状：

吃过糖粥，妈妈抱我走到吃饭间里的时候，我看见爸爸身上披一块大白布，垂头丧气地朝外坐在椅子上，一个穿黑长衫的麻脸的陌生人，拿一把闪亮的小刀，竟在爸爸后头颈里用劲地割。啊哟！这是何等奇怪的现状！大人们的所为，真是越看越稀奇了！爸爸何以甘心被这麻脸的陌生人割呢？痛不痛呢？

更可怪的，妈妈抱我走到吃饭间里的时候，她明明也看见这爸爸被割的骇人的现状。然而她竟毫不介意，同没有看见一样。宝姐姐夹了书包从天井里走进来，我想她见了一定要哭，谁知她只叫一声"爸爸"，向那可怕的麻子一看，就全不经意地到房间里去挂书包了。前天爸爸自己把手指割开了，他不是大叫"妈妈"，

立刻去拿棉花和纱布来吗？今天这可怕的麻子咬紧了牙齿割爸爸的头，何以妈妈和宝姐姐都不管呢？我真不解了。可恶的，是那麻子。他耳朵上还夹着一支香烟，同爸爸夹铅笔一。他一定是没有铅笔的人，一定是坏人。

后来爸爸挺起眼睛叫我："华瞻，你也来剃头，好否？"

爸爸叫过之后，那麻子就抬起头来，向我一看，露出一颗闪亮的金牙齿来。我不懂爸爸的话是什么意思，我真怕极了。我忍不住抱住妈妈的项颈而哭了。这时候妈妈、爸爸和那个麻子说了许多话，我都听不清楚，又不懂。只听见"剃头"，"剃头"，不知是什么意思。我哭了，妈妈就抱我由天井里走出门外。走到门边的时候，我偷眼向里边一望，从窗缝窥见那麻子又咬紧牙齿，在割爸爸的耳朵了。

门外有学生在抛球，有兵在体操，有火车开过。妈妈叫我不要哭，叫我看火车。我悬念着门内的怪事，没心情去看风景，只是凭在妈妈的肩上。

我恨那麻子，这一定不是好人。我想对妈妈说，拿棒去打他。然而我终于不说。因为据我的经验，大人们的意见往往与我相左。他们往往不讲道理，硬要我吃最不好吃的"药"，硬要我做最难当的"洗脸"，或坚不许我弄最有趣的水、最好看的火。今天的怪事，他们对之都漠然，意见一定又是与我相左的。我若提议去打，一定不被赞成。横竖拗不过他们，算了吧。我只有哭！最可怪的，平常同情于我的弄水弄火的宝姐姐，今天也跳出门来笑我，跟了妈妈说我"痴子"。我只有独自哭！有谁同情于我的哭呢？

到妈妈抱了我回来的时候，我才仰起头，预备再看一看，这怪事怎么样了？那可恶的麻子还在否？谁知一跨进墙门槛，就听见"拍，拍"的声音，走进吃饭间，我看见那麻子正用拳头打爸爸的背。"拍，拍"的声音，正是打的声音。可见他一定是用力打的，爸爸一定很痛。然而爸爸何以任他打呢？妈妈何以又不管呢？我又哭。

妈妈急急地抱我到房间里,对娘姨讲些话,两人都笑起来,都对我讲了许多话。然而我还听见隔壁打人的"拍,拍"的声音,无心去听她们的话。

爸爸不是说过"打人是最不好的事"吗?那一天软软不肯给我香烟牌子,我打了她一掌,爸爸曾经骂我,说我不好;还有那一天我打碎了寒暑表,妈妈打了我一下屁股,爸爸立刻抱我,对妈妈说"打不行。"何以今天那麻子在打爸爸,大家不管呢?我继续哭,我在妈妈的怀里睡去了。

我醒来,看见爸爸坐在披雅娜(钢琴)旁边,似乎无伤,耳朵也没有割去,不过头很光白,像和尚了。我见了爸爸,立刻想起了睡前的怪事,然而他们——爸爸、妈妈等——仍是毫不介意,绝不谈起。我一回想,心中非常恐怖又疑惑。明明是爸爸被割项颈,割耳朵,又被用拳头打,大家却置之不问,任我一个人恐怖又疑惑。唉!有谁同情于我的恐怖?有谁为我解释这疑惑呢?

1927年 初夏

儿
女

回想四个月以前，我犹似押送囚犯，突然地把小燕子似的一群儿女从上海的租寓中拖出，载上火车，送回乡间，关进低小的平屋中。自己仍回到上海的租界中，独居了四个月。这举动究竟出于什么旨意，本于什么计划，现在回想起来，连自己也不相信。其实旨意与计划，都是虚空的，自骗自扰的，实际于人生有什么利益呢？只赢得世故尘劳，做弄几番欢愁的感情，增加心头的创痕罢了！

当时我独自回到上海，走进空寂的租寓，心中不绝地浮起这两句《楞严》经文："十方虚空在汝心中，犹如白云点太清里；况诸世界在虚空耶！"

晚上整理房室，把剩在灶间里的篮钵、器皿、余薪、余米，以及其他三年来寓居中所用的家常零星物件，尽行送给来帮我做短工的、邻近的小店里的儿子。只有四双破旧的小孩子的鞋子（不知为什么缘故），我不送掉，拿来整齐地摆在自己的床下，而且后来看到的时候常常感到一种无名的愉快。直到好几天之后，邻居的友人过来闲谈，说起这床下的小鞋子阴气迫人，我方始悟到自己的痴态，就把它们拿掉了。

朋友们说我关心儿女。我对于儿女的确关心，在独居中更常有悬念的时候。但我自以为这关心与悬念中，除了本能以外，似乎尚含有一种更强的加味。所以我往往不顾自己的画技与文笔的拙陋，动辄描摹。因为我的儿女都是孩子们，最年长的不过九岁，所以我对于儿女的关心与悬念中，有一部分是对于孩子们——普天下的孩子们——的关心与悬念。他们成人以后我对他们怎样，现在自己也不能晓得，但可推知其一定与现在不同，因为不复含有那种加味了。

回想过去四个月的悠闲宁静的独居生活，在我也颇觉得可恋，又可感谢。然而一旦回到故乡的平屋里，被围在一群儿女的中间的时候，我又不禁自伤了。因为我那种生活，或枯坐，默想，或钻研，搜求，或敷衍，应酬，比较起他们的天真、健全、活跃的生活来，明明

是变态的、病的、残废的。

有一个炎夏的下午，我回到家中了。第二天的傍晚，我领了四个孩子——九岁的阿宝、七岁的软软、五岁的瞻瞻、三岁的阿韦——到小院中的槐荫下，坐在地上吃西瓜。夕暮的紫色中，炎阳的红味渐渐消减，凉夜的青味渐渐加浓起来。微风吹动孩子们的细丝一般的头发，身体上汗气已经全消，百感畅快的时候，孩子们似乎已经充溢着生的欢喜，非发泄不可了。最初是三岁的孩子的音乐的表现，他满足之余，笑嘻嘻摇摆着身子，口中一面嚼西瓜，一面发出一种像花猫偷食时候的"ngam ngam"的声音来。这音乐的表现立刻唤起了五岁的瞻瞻的共鸣，他接着发表他的诗："瞻瞻吃西瓜，宝姐姐吃西瓜，软软吃西瓜，阿韦吃西瓜。"这诗的表现又立刻引起了七岁与九岁的孩子的散文的、数学的兴味：他们立刻把瞻瞻的诗句的意义归纳起来，报告其结果："四个人吃四块西瓜。"

于是我就做了评判者，在自己心中批判他们的作品。我觉得三岁的阿韦的音乐的表现最为深刻而完全，最能全般表出他的欢喜的感情。五岁的瞻瞻把这欢喜的感情翻译为（他的）诗，已打了一个折扣；然尚带着节奏与旋律的分子，犹有活跃的生命流露着。至于软软与阿宝的散文的、数学的、概念的表现，比较起来更肤浅一层。然而看他们的态度，全部精神投入在吃西瓜的一事中，其明慧的心眼，比大人们所见的完全得多。天地间最健全的心眼，只是孩子们的所有物，世间事物的真相，只有孩子们能最明确、最完全地见到。我比起他们来，真的心眼已经被世智尘劳所蒙蔽，所斲丧[①]，是一个可怜的残废者了。我实在不敢受他们"父亲"的称呼，倘然"父亲"是尊崇的。

我在平屋的南窗下暂设一张小桌子，上面按照一定的秩序而布置着稿纸、信笺、笔砚、墨水瓶、浆糊瓶、时表和茶盘等，不喜欢别人来任意移动，这是我独居时的惯癖。我——我们大人——平常的

---

①斲丧（zhuósàng）：伤害。

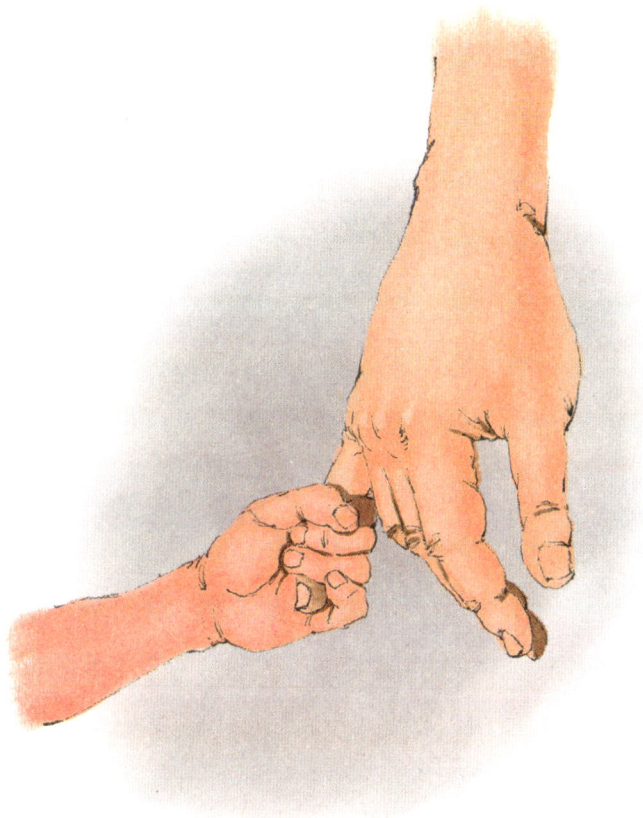

举止，总是谨慎，细心，端详，斯文。例如磨墨，放笔，倒茶等，都小心从事，故桌上的布置每日依然，不致破坏或扰乱。因为我的手足的筋觉已经由于屡受物理的教训而深深地养成一种谨惕的惯性了。然而孩子们一爬到我的案上，就捣乱我的秩序，破坏我的桌上的构图，毁损我的器物。他们拿起自来水笔来一挥，洒了一桌子又一衣襟的墨水点；又把笔尖蘸在浆糊瓶里。他们用劲拔开毛笔的铜笔套，手背撞翻茶壶，壶盖打碎在地板上……这在当时实在使我不耐烦，我不免哼喝他们，夺脱他们手里的东西，甚至批他们的小颊。然而我立刻后悔：哼喝之后立刻继之以笑，夺了之后立刻加倍奉还，批颊的手在中

途软却，终于变批为抚。因为我立刻自悟其非：我要求孩子们的举止同我自己一样，何其乖谬！我——我们大人——的举止谨惕，是为了身体手足的筋觉已经受了种种现实的压迫而痉挛了的缘故。孩子们尚保有天赋的健全的身手与真朴活跃的元气，岂像我们的穷屈？揖让、进退、规行、矩步等大人们的礼貌，犹如刑具，都是戕贼这天赋的健全的身手的。于是活跃的人逐渐变成了手足麻痹、半身不遂的残废者。残废者要求健全者的举止同他自己一样，何其乖谬！

儿女对我的关系如何？我不曾预备到这世间来做父亲，故心中常是疑惑不明，又觉得非常奇怪。我与他们（现在）完全是异世界的人，他们比我聪明、健全得多；然而他们又是我所生的儿女。这是何等奇妙的关系！世人以膝下有儿女为幸福，希望以儿女永续其自我，我实在不解他们的心理。我以为世间人与人的关系，最自然最合理的莫如朋友。君臣、父子、昆弟、夫妇之情，在十分自然合理的

时候都不外乎是一种广义的友谊。所以朋友之情，实在是一切人情的基础。"朋，同类也。"并育于大地上的人，都是同类的朋友，共为大自然的儿女。世间的人，忘却了他们的大父母，而只知有小父母，以为父母能生儿女，儿女为父母所生，故儿女可以永续父母的自我，而使之永存。于是无子者叹天道之无知，子不肖者自伤其天命，而狂进杯中之物，其实天道有何厚薄于其齐生并育的儿女! 我真不解他们的心理。

近来我的心为四事所占据了：天上的神明与星辰，人间的艺术与儿童，这小燕子似的一群儿女，是在人世间与我因缘最深的儿童，他们在我心中占有与神明、星辰、艺术同等的地位。

1928年韦驮圣诞作于石湾

作父亲

丰子恺

楼窗下的弄里远远地传来一片声音："咿哟，咿哟……"渐近渐响起来。

一个孩子从算草簿中抬起头来，睁大眼睛倾听一会，"小鸡!小鸡!"叫了起来。四个孩子同时放弃手中的笔，飞奔下楼，好像路上的一群麻雀听见了行人的脚步声而飞去一般。

我刚扶起他们所带倒的凳子，拾起桌子上滚下去的铅笔，听见大门口一片呐喊："买小鸡!买小鸡!"其中又混着哭声，连忙下楼一看，原来元草因为落伍而狂奔，在庭中跌了一跤，跌痛了膝盖骨不能再跑，恐怕小鸡被哥哥、姐姐们买完了轮不着他，所以激烈地哭着。我扶了他走出大门口，看见一群孩子正向一个挑着一担"咿哟，咿哟"的人招呼，欢迎他走近来。元草立刻离开我，上前去加入团体，且跳且喊："买小鸡!买小鸡!"泪珠跟了他的一跳一跳而从脸上滴到地上。

孩子们见我出来，大家回转身包围了我。"买小鸡!买小鸡!"的喊声由命令的语气变成了请愿的语气，喊得比以前更响了。他们仿佛想把这些音蓄入我的身体中，希望由我的口上开出来。独有元草直接拉住了担子的绳而狂喊。

我全无养小鸡的兴趣；而且想起了以后的种种麻烦，觉得可怕。但乡居寂寥，绝对屏除外来的诱惑而强迫一群孩子在看惯的几间屋子里隐居这一个星期日，似也有些残忍。且让这个"咿哟、咿哟"来打破门庭的岑寂，当作长闲的春昼的一种点缀吧。我就招呼挑担的，叫他把小鸡给我们看看。

他停下担子，揭开前面的一笼，"咿哟、咿哟"的声音忽然放大。但见一个细网的下面，蠕动着无数可爱的小鸡，好像许多活的雪球。五六个孩子蹲集在笼子的四周，一齐倾情地叫着："好来!好来!"一瞬间我的心也屏绝了思虑而没入在这些小动物的姿态的美中，体会了孩子们对于小鸡的热爱的心情。许多小手伸入笼中，竞指一只

纯白的小鸡，有的几乎要隔网捉住它。挑担的忙把盖子无情地冒上，许多"咿哟、咿哟"的雪球和一群"好来，好来"的孩子就变成了咫尺天涯。孩子们怅望笼子的盖，依附在我的身边，有的伸手摸我的口袋。我就向挑担的人说话：

"小鸡卖几钱一只？"

"一块洋钱四只。"

"这样小的，要卖二角半钱一只？可以便宜些否？"

"便宜勿得，二角半钱最少了。"

他说过，挑起担子就走。大的孩子脉脉含情地目送他，小的孩子拉住了我的衣襟而连叫"要买！要买！"挑担的越走得快，他们喊得越响。我摇手止住孩子们的喊声，再向挑担的问：

"一角半钱一只卖不卖？给你六角钱买四只吧！"

"没有还价！"

他并不停步，但略微旋转头来说了这一句话，就赶紧向前面跑。"咿哟，咿哟"的声音渐渐地远起来了。

元草的喊声就变成哭声。大的孩子锁着眉头不绝地探望挑担者的背影，又注视我的脸色。我用手掩住了元草的口，再向挑担人远远地招呼：

"二角大洋一只,卖了吧!"

"没有还价!"

他说过便昂然前行,悠长地叫出一声,"卖——小——鸡——"其背影便在弄口的转角上消失了。我这里只留着一个嚎啕大哭的孩子。

对门的大嫂子曾经从矮门上探头出来看过小鸡,这时候就拿着针线走出来,倚在门上,笑着劝慰哭的孩子,她说:

"不要哭!等一会儿还有担子挑来,我来叫你呢!"她又笑着向我说:

"这个卖小鸡的想做好生意。他看见小孩子哭着要买,越是不肯让价了。昨天坍墙圈里买的一角洋钱一只,比刚才的还大一半呢!"

我同她略谈了几句,硬拉了哭着的孩子回进门来。别的孩子也懒洋洋地跟了进来。我原想为长闲的春昼找些点缀而走出门口来的,不料讨个没趣,扶了一个哭着的孩子而回进来。庭中柳树正在春光中摇曳柔条,堂前的燕子正在安稳的新巢上低徊软语。我们这个刁巧的挑担者和痛哭的孩子,在这一片和平美丽的春景中很不调和啊!

关上大门,我一面为元草揩拭眼泪,一面对孩子们说:

"你们大家说'好来,好来','要买,要买',那人便不肯让价了!"

小的孩子听不懂我的话,继续抽噎着;大的孩子听了我的话若有所思。我继续抚慰他们:

"我们等一会再来买吧,隔壁大妈会喊我们的。但你们下次……"

我不说下去了。因为下面的话是"看见好的嘴上不可说好,想要的嘴上不可说要"。倘再进一步,就变成"看见好的嘴上应该说不好,想要的嘴上应该说不要"了。在这一片天真烂漫光明正大的春景中,向哪里容藏这样教导孩子的一个父亲呢?

1933年5月20日

送阿宝出黄金时代

丰子恺

　　阿宝，我和你在世间相聚，至今已十四年了，在这五千多天内，我们差不多天天在一处，难得有分别的日子。我看着你呱呱堕地，嘤嘤学语，看你由吃奶改为吃饭，由匍匐学成跨步。你的变态微微地逐渐地展进，没有痕迹，使我全然不知不觉，以为你始终是我家的一个孩子，始终是我们这家庭里的一种点缀，始终可做我和你母亲的生活的慰安者。然而近年来，你态度行为的变化，渐渐证明其不然。你已在我们的不知不觉之间长成了一个少女，快将变为成人了。古人谓"父母之年不可不知也，一则以喜，一则以惧。"我现在反行了古人的话，在送你出黄金时代的时候，也觉得悲喜交集。

　　所喜者，近年来你的态度行为的变化，都是你将由孩子变成成人的表示。我的辛苦和你母亲的劬劳①似乎有了成绩，私心庆慰。所悲者，你的黄金时代快要度尽，现实渐渐暴露，你将停止你的美丽的梦，而开始生活的奋斗了，我们仿佛丧失了一个从小依傍在身边的孩子，而另得了一个新交的知友。"乐莫乐兮新相知"②；然而旧日天真烂漫的阿宝，从此永远不得再见了

　　记得去春有一天，我拉了你的手在路上走。落花的风把一阵柳絮吹在你的头发上，脸孔上，和嘴唇上，使你好像冒了雪，生了白胡须。我笑着搂住了你的肩，用手帕为你拂拭。你也笑着，仰起了头依在我的身旁。这在我们原是极寻常的事：以前每天你吃过饭，是我同你洗脸的。然而路上的人向我们注视，对我们窃笑，其意思仿佛

---

① 劬（qú）劳：即劳累。
② 乐莫乐兮新相知：出自屈原《九歌·少司命》。

在说："这样大的姑娘儿，还在路上教父亲搂住了拭脸孔！"我忽然看见你的身体似乎高大了，完全发育了，已由中性似的孩子变成十足的女性了。我忽然觉得，我与你之间似乎筑起一堵很高，很坚，很厚的无影的墙。你在我的怀抱中长起来，在我的提携中大起来；但从今以后，我和你将永远分居于两个世界了。一刹那间我心中感到深痛的悲哀。我怪怨你何不永远做一个孩子而定要长大起来，我怪怨人类中何必有男女之分。然而怪怨之后立刻破悲为笑。恍悟这不是当然的事，可喜的事么？

记得有一天，我从上海回来。你们兄弟姐妹照例拥在我身旁，等候我从提箱中取出"好东西"来分。我欣然地取出一束巧格力来，分给你们每人一包。你的弟妹们到手了这五色金银的巧格力，照例欢喜得大闹一场，雀跃地拿去尝新了。你受持了这赠品也表示欢喜，跟着弟妹们去了。然而过了几天，我偶然在楼窗中望下来，看见花台旁边，你拿着一包新开的巧格力，正在分给弟妹三人。他们各自争多嫌少，你忙着为他们均分。在一块缺角的巧格力上添了一张五色金银的包纸派给小妹妹了，方才三面公平。他们欢喜地吃糖了，你也欢喜地看他们吃。这使我觉得惊奇。吃巧格力，向来是我家儿

童们的一大乐事。因为乡村里只有箬（ruò）叶包的糖塌饼，草纸包的状元糕，没有这种五色金银的糖果；只有甜煞的粽子糖，咸煞的盐青果，没有这种异香异味的糖果。所以我每次到上海，一定要买些回来分给儿童，籍添家庭的乐趣。儿童们切望我回家的目的，大半就在这"好东西"上。你向来也是这"好东西"的切望者之一人。你曾经和弟妹们赌赛谁是最后吃完；你曾经把五色金银的锡纸积受起来制成华丽的手工品，使弟妹们艳羡。这回你怎么一想，肯把自己的一包藏起来，如数分给弟妹们吃呢？我看你为他们分均匀了之后表示非常的欢喜，同从前赌得了最后吃完时一样，不觉倚在楼上独笑起来。因为我忆起了你小时候的事：十来年之前，你是我家里的一个捣乱分子，每天为了要求的不满足而哭几场，挨母亲打几顿。你吃蛋只要吃蛋黄，不要吃蛋白，母亲偶然夹一筷蛋白在你的饭碗里，你便把饭粒和蛋白乱拨在桌子上，同时大喊"要黄！要黄！"你以为凡物较好者就叫做"黄"。所以有一次你要小椅子玩耍，母亲搬一个小凳子给你，你也大喊"要黄！要黄！"你要长竹竿玩，母亲拿一根"史的克"①给你，你也大喊"要黄！要黄！"你看不起那时候还只一二岁而不会活动的软软。吃东西时，把不好吃的东西留着给软软吃；讲故事时，把不幸的角色派给软软当。向母亲有所要求而不得允许的时候，你就高声地问："当错软软么？当错软软么？"你的意思以为：软软这个人要不得，其要求可以不允许；而阿宝是一个重要不过的人，其要求岂有不允许之理。今所以不允许者，大概是当错了软软的缘故。所以每次高声地提醒你母亲，务要她证明阿宝正身，允许一切要求而后已。这个一味"要黄"而专门欺侮弱小的捣乱分子，今天在那里牺牲自己的幸福来增殖弟妹们的幸福，使我看了觉得可笑，又觉得可悲。你往日的一切雄心和梦想已经宣告失败，

---

①史的克：英文stick（手杖）的汉字谐音。

开始在遏制自己的要求，忍耐自己的欲望，而谋他人的幸福了；你已将走出唯我独尊的黄金时代，开始在尝人类之爱的辛味了。

记得去年有一天，我为了必要的事，将离家远行。在以前，每逢我出门了，你们一定不高兴，要阻住我，或者约我早归。在更早的以前，我出门须得瞒过你们。你弟弟后来寻我不着，须得哭几场。我回来了，倘预知时期，你们常到门口或半路上来迎候。我所描的那幅题曰《爸爸还不来》的画，便是以你和你的弟弟的等我归家为题材的。因为我在过去的十来年中，以你们为我的生活慰安者，天天晚上和你们谈故事、作游戏、吃东西，使你们都觉得家庭生活的温暖少不来一个爸爸，所以不肯放我离家。去年这一天我要出门了，你的弟妹们照旧为我惜别，约我早归。我以为你也如此，正在约你何时回家和买些什么东西来，不意你却劝我早去，又劝我迟归，说你有种种玩意可以骗住弟妹们的阻止和盼待。原来你已在我和你母亲谈话中闻知了我此行有早去迟归的必要，决意为我分担生活的辛苦了。我此行感觉轻快，但又感觉悲哀。因为我家将少却了一个黄金时代的幸福儿。

以上原都是过去的事，但是常常切在我的心头，使我不能忘却。现在，你已做中学生，不久就要完全脱离黄金时代而走向成人的世间去了。我觉得你此行比出嫁更重大。古人送女儿出嫁诗云："幼为长所育，两别泣不休。对此结中肠，义往难复留。"①你出黄金时代的"义往"，实比出嫁更"难复留"，我对此安得不"结中肠"？所以现在追述我的所感，写这篇文章来送你。你此后的去处，就是我这册画集里所描写的世间。我对于你此行很不放心。因为这好比把你从慈爱的父母身旁遣嫁到恶姑的家里去，正如前诗中说："自小闺内训，事姑贻我忧。""事姑"取什样的态度，我难于代你

---

①出自唐代诗人韦应物《宋杨氏女》。

决定。但希望你努力自爱，勿贻我忧而已。

约十年前，我曾作一册描写你们的黄金时代的画集（《子恺画集》）。其序文（《给我的孩子们》）中曾经有这样的话："我的孩子们！我憧憬于你们的生活，每天不止一次！我想委曲地说出来，使你们自己晓得。可惜到你们懂得我的话的时候，你们将不复是可以使我憧憬的人了。这是何等可悲哀的事啊！""但是你们的黄金时代有限，现实终于要暴露的。这是我经验过来的情形，也是大人们谁也经验过来的情形。我眼看见儿时伴侣中的英雄、好汉，一个个退缩、顺从、妥协、屈服起来，到像绵羊的地步。我自己也是如此。'后之视今，亦犹今之视昔'，你们不久也要走这条路呢！"写这些话时的情景还历历在目，而现在你果然已经"懂得我的话"了！果然也要"走这条路"了！无常迅速，念此又安得不结中肠啊！

从孩子得到的启示

（节选）

丰子恺

晚上喝了三杯老酒，不想看书，也不想睡觉，捉一个四岁的孩子华瞻来骑在膝上，同他寻开心。我随口问：

"你最喜欢什么事？"

他仰起头一想，率然地回答：

"逃难。"

我倒有点奇怪："逃难"两字的意义，在他不会懂得，为什么偏偏选择它？倘然懂得，更不应该喜欢了。我就设法探问他：

"你晓得逃难就是什么？"

"就是爸爸、妈妈、宝姐姐、软软……娘姨，大家坐汽车，去看大轮船。"

啊！原来他的"逃难"的观念是这样的！他所见的"逃难"，是"逃难"的这一面！这真是最可喜欢的事！

一个月以前，上海还属孙传芳的时代，国民革命军将到上海的消息日紧一日，素不看报的我，这时候也定一份《时事新报》，每天早晨看一遍。有一天，我正在看昨天的旧报，等候今天的新报的时候，忽然上海方面枪炮声响了，大家惊惶失色，立刻约了邻人，扶老携幼地逃到附近江湾车站对面的妇孺救济会里去躲避。其实倘然此地果真进了战线，或到了败兵，妇孺救济会也是不能救济的。不过当时张皇失措，有人提议这办法，大家就假定它为安全地带，逃了进去。那里面地方很大，有花园，假山，小川，亭台，曲栏，长廊，花树，白鸽，孩子们一进去，登临盘桓，快乐得如入新天地了。忽然兵车在墙外轰过，上海方面的机关枪声、炮声，愈响愈近，又愈密了。大家坐定之后，听听，想想，方才觉得这里也不是安全地带，当初不过是自骗罢了。有决断的人先出来雇汽车逃往租界。每走出一批人，留在里面的人增一次恐慌。我们结合邻人来商议，也决定出来雇汽车，逃到杨树浦的沪江大学。于是立刻把小孩们从假山中、栏杆内捉出来，装进汽车里，飞奔杨树浦了。

　　所以决定逃到沪江大学者，因为一则有邻人与该校熟识，二则该校是外国人办的学校，较为安全可靠。枪炮声渐远渐弱，到听不见了的时候，我们的汽车已到沪江大学。他们安排一个房间给我们住，又为我们代办膳食。傍晚，我坐在校旁黄浦江边的青草堤上，怅望云水遥忆故居的时候，许多小孩子采花、卧草，争看无数的帆船，轮船的驶行，又是快乐得如入新天地了。

　　次日，我同一邻人步行到故居来探听情形的时候，青天白日的旗子已经招展在晨风中，人人面有喜色，似乎从此可庆承平了。我们就雇汽车去迎回避难的眷属，重开我们的窗户，恢复我们的生活。从此"逃难"两字就变成家人的谈话的资料。

　　这是"逃难"。这是多么惊慌、紧张而忧患的一种经历！然而人物一无损丧，只是一次虚惊；过后回想，这回好似全家的人突发地出门游览两天。我想假如我是预言者，晓得这是虚惊，我在逃难的时候将何等有趣！素来难得全家出游的机会，素来少有坐汽车、游览、参观的机会。那一天不论时，不论钱，浪漫地、豪爽地、痛快地举行这游历，实在是人生难得的快事！只有小孩子真果感得这快味！他们逃难回来以后，常常拿香烟篓子来叠作栏杆、小桥、汽车、轮船、帆船；常常问我关于轮船、帆船的事；墙壁上及门上又常常有有色粉笔画的轮船、帆船、亭子、石桥的壁画出现。可见这"逃难"，在他们脑中有难忘的欢乐的印像。所以今晚我无端地问华瞻最欢喜什么事，他立刻选定这"逃难"。原来他所见的，是"逃难"的这一面。

　　不止这一端：我们所打算、计较、争夺的洋钱，在他们看来个个是白银的浮雕的胸章；仆仆奔走的行人，血汗涔涔的带动者，在他们看来都是无目的地在游戏，在演剧；一切建设，一切现象，在他们看来都是大自然的点缀，装饰。

　　唉！我今晚受了这孩子的启示：他能撤去世间事物的因果关系的网，看见事物的本身的真相。他是创造者，能赋给生命于一切的事物。他们是"艺术"的国土的主人。唉，我要从他学习！

1926年

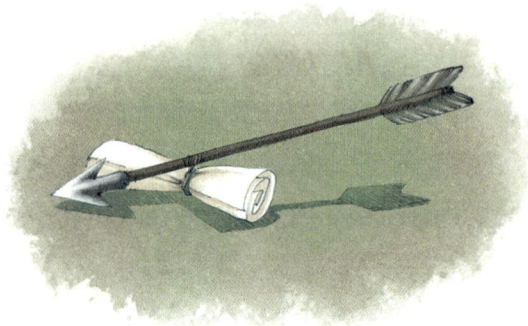

种兰不种艾

丰子恺

吃过夜饭,母亲在灶间里去了,父亲和五个孩子坐在客间里休息。五个孩子的名字,是一号、二号、三号、四号和五号。一号是十二岁的男孩。二号是十一岁的女孩。三号是十岁的男孩。四号是八岁的女孩。五号是六岁的男孩。

父亲点着一支香烟。四号先开口:"讲故事了!"五号喊一声:"大家听故事!"一、二、三号大家坐好,眼睛看着父亲。

父亲说:"今天不要我一个人讲,要大家讲。"一、二、三号同时嚷起来:"我们不会讲的!爸爸讲。"四、五号模仿着喊:"我们不会讲的!爸爸讲。"

爸爸说:"我先讲。今天讲一首诗。"就抽开抽斗,拿出铅笔纸张来,把诗写给他们看:

> 种兰不种艾,兰生艾亦生;
>
> 根荄相交长,茎叶相附荣。
>
> 香茎与臭叶,日夜俱长大,
>
> 锄艾恐伤兰,溉兰恐滋艾。
>
> 兰亦未能溉,艾亦未能除。
>
> 沉吟意不决,问君合何如?①

一、二号看了略略懂得,三号以下,字还没有完全识得,爸爸就替他们解说:

"这是唐朝的诗人白居易做的诗。意思是说:他种兰草,并不种艾草。因为兰草是香的,而艾草是臭的。但是兰草的旁边,自己生出许多艾草来。兰草的根和艾草的根搞在一起,兰草的茎叶和艾草的茎叶也混杂了了生长。香的茎和臭的叶,日日夜夜一同长大起来。他想用锄头把艾草锄去,但恐怕伤了兰草。他想用水浇兰草,又恐怕艾草得到水长更大了。于是乎,兰草也不能浇,艾

---

① 这是唐代诗人白居易的《问友》。

草也能除。他想来想去决定不了办法，问你应该怎么办。"

二、四号两个孩子说："把艾草一根一根地拔去。"爸爸说："他们的根搞在一起，拔艾的根，兰草的根全带起来！"一、三号两个孩子说："统统拔起，另外种过兰草！"爸爸说："连兰草也拔，很可惜，这办法不好。"五号说："叫艾草也变成香的。"爸爸和一、二、

三、四号大家笑起来。爸爸说："它不肯变的！"

二号这女孩子最聪明，她眼睛看着天花板，笑嘻嘻地若有所思。爸爸问："二号想什么？"二号说："这首诗真好！它是比方世间的事。世间有许多事，同这一样难办。"爸爸点头说："对啊！"一、三、四号大家点头，说："对啊！"五号这六岁的男孩子想了一想，也点点头说："对啊，对啊！"

爸爸说："你们大家说对，现在要每人说一件事体来，同这事一样难办的。五号先说！"五号不假思索地说："妈妈裹的肉粽子，肉很好吃，糯米不好吃。我想只吃肉，不吃糯米，妈妈说：'不行，要吃统统吃，不要吃统统不吃。'"说到这里，五号一脸悲愤。

一、二、三、四号大家笑起来。四号这女孩子笑得最多，她旋转头去低声问五号："糯米也很好吃的呀，你为什么不吃呢？"大家又笑起来。爸爸说："五号讲得很好。不管糯米好不好吃，总之，这件事说得很对。正同种兰不种艾一样。这回要四号讲了。"

四号想了一想，怕难为情，不肯讲。大家催促她。她终于讲了："我昨天对王老师说，我只要上唱歌、游戏和图画课，不要上国语和算术课。王老师说：'不行，要上统统上，不上统统不上，你回家去吧。'我气死了。"

大家又笑起来。二号向四号白一眼说："你不上国语、算术，将来不能毕业，老是一个小学生。"爸爸说："二号的话是对的。不过四号这件事，比方得也很对。四号很乖。以后用功学国语、算术，还要乖起来呢。如今要三号讲。"

三号早已预备好，眼睛看着电灯，说道："我最喜欢电灯的光，但最不喜欢那些飞虫（注：他们的家住在西湖边，天气一热，有小虫群集，在电灯四周飞舞）。它们会撞到我眼睛里，钻到我鼻子里，又要掉在菜碗里。我关了电灯，它们都去了，我开了电灯，它们又来了。我要电灯，不要飞虫，有什么办法呢？"他接着吟起诗来："要光不

要虫,光来虫亦来——"把"来"字拖得很长,好像爸爸读诗的调子,引得大家大笑起来。

爸爸说:"三号说得好!如今要二号说了。二号是最会讲话的,一定要说得更好!"二号不慌不忙地说了:"我倒想起了逃难到大后方的一件事。我们为了怕警报,住在重庆乡下的荒村里的时候,房东人家养了一只凶狗,为了防强盗(注:四川人称窃贼为强盗)。有了凶狗,果然强盗不敢来了。但是客人也不敢来了。除了房东家熟悉的常来的几个人以外,其他的生客,它一见就要咬。我们的客人都是生客,一个也不敢来看我们。弄得我们好寂寞!当时我想,最好这狗能分别强盗和客人,咬强盗不咬客人。但它不行。"三号又做诗了:"不要强盗要客人,强盗不来客人也不来。"大家笑起来,二号说:"这两句不成诗,哪有九个字一句的?"三号说:"我这是白话诗!你问爸爸,白话诗随便几个字都可以的,爸爸,是吗?"

"你不要胡闹!"爸爸说,"二号讲的果然更好,如今一号最后讲了。"

一号说:"我讲的也是抗战期间的事,那时我们的美国飞机到沦陷区汉口等地方炸日本鬼。那些日本鬼很调皮,和中国人住在一起。我们的美国——"二号模仿一句:"我们的美国飞机。"

一号旋转头去看她说:"美国是我们的盟国!难道不好说'我们'的?"二号说:"好,好你讲下去!"一号续说:"盟军的飞机想炸死日本鬼,就连中国人也炸死,想不炸死中国人,就连日本鬼也不炸死。"爸爸拍手说:"一号说得最好,到底是一号!"

母亲从灶间走出来:"我一边收拾灶间,一边听你们讲故事呢,你们讲的都很好。你爸爸说一号说得顶好,我道是五号说得顶好。"她拉五号到怀里,摸他的头,说:"你要吃肉,不要吃糯米,明天我烧一大碗肉给你吃。"

正在写稿的时候,耳朵近旁觉得有"嗡嗡"之声,间以"得得"

之声。因为文思正畅快，只管看着笔底下，无暇抬头来探究这是什么声音。然而"嗡嗡"，"得得"，也只管在我耳旁继续作声，不稍间断。过了几分钟之后，它们已把我的耳鼓刺得麻木，在我似觉这是写稿时耳旁应有的声音，或者一种天籁，无须去探究了。

竹影

丰子恺

吃过晚饭后，天气还是闷热。窗子完全打开了，房间里还坐不牢。太阳虽已落山，天还没有黑。一种幽暗的光弥漫在窗际，仿佛电影中的一幕。我和弟弟就搬了藤椅子，到屋后的院子里去乘凉。

天空好像一盏乏了油的灯，红光渐渐地减弱。我把眼睛守定西天看了一会儿，看见那光一跳一跳地沉下去，非常微细，但又非常迅速而不可挽救。正在看得出神，似觉眼梢头另有一种微光，渐渐地在那里强起来。回头一看，原来月亮已在东天的竹叶中间放出她的清光。院子里的光景已由暖色变成寒色，由长音阶（大音阶）变成短音阶（小音阶）了。门口一个黑影出现，好像一只立起的青蛙，向我们跳将过来。来的是弟弟的同学华明。

"唉，你们惬意得很！这椅子给我坐的？"他不待我们回答，一屁股坐在藤椅上，剧烈地摇着他的两脚。椅子背所靠的那根竹，跟了他的动作而发抖，上面的竹叶作出萧萧的声音来。这引起了三人的注意，大家仰起头来向天空看。月亮已经升得很高，隐在一丛竹叶中。竹叶的摇动把她切成许多不规则的小块，闪烁地映入我们的眼中。大家赞美了一番之后，我说："我们今晚干些什么呢？"弟弟说："我们谈天吧，我先有一个问题给你们猜：细看月亮光底下的人影，头上出烟气。这是什么道理？"我和华明都不相信，于是大家走出竹林外，蹲下来看水门汀上的人影。我看了好久，果然看见头上有一缕一缕的细烟，好像漫画里所描写的动怒的人。"是口里的热气吧？""是头上的汗水在那里蒸发吧？"大家蹲在地上争论了一会儿，没有解决。华明的注意力却转向了别处，他从身边摸出一枝半寸长的铅笔来，在水门汀热心地描写自己的影。描好了，立起来一看，真像一只青蛙，他自己看了也要笑。徘徊之间，我们同时发现了映在水门汀上的竹叶的影子，同声地叫起来："啊！好看啊！中国画！"华明就拿半寸长的铅笔去描。弟弟手痒起来，连忙跑进屋里去拿铅笔。我学他的口头禅喊他："对起，对起，给我也带一枝来！"不久他

拿了一把木炭来分送我们，华明就收藏了他那半寸长的法宝，改用木炭来描。大家蹲下去，用木炭在水门汀上参参差差地描出许多竹叶来。一面谈着："这一枝很像校长先生房间里的横幅呢！""这一丛很像我家堂前的立轴呢！""这是《芥子园画谱》里的！""这是吴昌硕的！"忽然一个大人的声音在我们头上慢慢地响出来："这是管夫人的！"大家吃了一惊，立起身来，看见爸爸反背着手立在水门汀旁的草地上看我们描竹，他明明是来得很久了。华明难为情似的站了起来，他拿木炭的手藏在背后，似乎害怕爸爸责备他弄脏了我家的水门汀。爸爸似乎很理解他的意思，立刻对着他说道："谁想出来的？这画法真好玩呢！我也来描几瓣看。"弟弟连忙拣木炭给他。爸爸也蹲在地上描竹叶了，这时候华明方才放心，我们也更加高兴，一边描，一边拿许多话问爸爸：

"管夫人是谁？""她是一位善于画竹的女画家。她的丈夫名叫赵子昂，是一位善于画马的男画家。他们是元朝人，是中国很有名的两大夫妻画家。"

"马的确难画，竹有什么难画呢？照我们现在这种描法，岂不很容易又很好看吗？""容易固然容易；但是这么'依样画葫芦'，终究缺乏画意，不过好玩罢了。画竹不是照真竹一样描，须经过选择和布置，画家选择竹的最好看的姿态，巧妙地布置在纸上，然后成为竹的名画，这选择和布置很困难，并不比画马容易。画马的困难在于马本身上，画竹的困难在于竹叶的结合上，粗看竹画，好像只是墨笔的乱撇，其实竹叶的方向、疏密、浓淡、肥瘦，以及集合的形体，都要讲究。所以在中国画法上，竹是一专门部分。平生专门研究画竹的画家也有。"

"竹为什么不用绿颜料来画，而常用墨笔来画呢？用绿颜料撇竹叶，不更像吗？""中国画不注重'像不像'，不像西洋画那样画得同真物一样。凡画一物，只要能表现出像我们闭目回想时所见的一

种神气，就是佳作了。所以西洋画像照相，中国画像符号。符号只要用墨笔就够了，原来墨是很好的一种颜料，它是红黄蓝三原色等量混合而成的。故墨画中看似只有一色，其实包罗三原色，即包罗世界上所有的颜色。故墨画在中国画中是很高贵的一种画法。故用墨来画竹，是最正当的。倘然用了绿颜料，就因为太像实物，反而失却神气。所以中国画家不喜欢用绿颜料画竹；反之，却喜欢用与绿相反的红色来画竹。这叫做'朱竹'，是用笔蘸了朱砂来撇的。你想，世界上哪有红色的竹？但这时候画家所描的，实在已经不是竹，而是竹的一种美的姿势，一种活的神气，所以不妨用红色来描。"爸爸说到这里，丢了手中的木炭，立起身来结束说："中国画大都如此。我们对中国画应该都取这样的看法。"

月亮渐渐升高了，竹影渐渐与地上描着的木炭线相分离，现出参差不齐的样子来，好像脱了版的印刷。夜渐深了，华明就告辞。"明天白天来看这地上描着的影子，一定更好看。但希望天不要落雨，洗去了我们的'墨竹'，大家明天会！"他说着就出去了。我们送他出门。

我回到堂前，看见中堂挂着的立轴——吴昌硕描的墨竹，似觉更有意味。那些竹叶的方向、疏密、浓淡、肥瘦，以及集合的形体，似乎都有意义，表现着一种美的姿态，一种活的神气。

独揽梅花扫腊雪

丰子恺

满天大雪，从去年除夜落起，一直落到今年元旦的朝晨。天井里完全变成白色，只见两株老梅的黑色的树干从雪中挺出，好像一双乌木筷插在一碗白米饭里了。

除了两株梅树以外，还有一个浑身黑色的王老公公。他身穿一件长而厚的黑棉袄，头戴一顶卓别林式的黑呢帽，脚踏一双长统子的黑钉靴，手拿一把长柄的竹丝扫帚，正在庭中扫雪。他想从大门口直到堂窗边，扫出一条路来，使我们便于进出。他的白胡须映着雪光，白得更加厉害，好像嘴上长着一丛鲞（xiǎng）骨头似的。我戴了围巾，镶拱了手①，立在堂前看他扫雪，心中有些不安。他是爸爸的奶娘的丈夫，今年六十一岁了。只因家中的人统统死去，房子又被火烧掉，他这孤身老头子无家可归，才到我家来作客。爸爸收留他，请他住在大门口的一间平屋里，供给食衣，并且声明"养死他"②。我最初听见"养死他"三个字，觉得可怕。这好像是"打死他"，"杀死他"之类的行为。但仔细一想，原来是好意，也就安心了。

他扫到梅树旁边，大概觉得腰酸，一手搭在东边的梅树干上，一手扶着扫帚，暂时站着休息。我觉得这光景很可入画：一片雪地里长着一株老梅，梅树上开着同雪一样白的梅花，一个老翁扶着扫帚倚在下对旁。这不是一幅很动人的图画么？

但是爸爸从里面出来，向庭中一望，却高声地唱道："噢! do re mi fa sol la si！"

我忍不住笑起来，惊讶地问道："爸爸为什么对着扫雪的王老公公唱了音阶？"

爸爸答道："我们小时候学唱歌，先生教我们唱音阶，用'独，揽，梅，花，扫，腊，雪'七个字。现在王老公公不是在那里'独

---

①镶拱了手：作者家乡话，意即袖着手。
②养死他：作者家乡话，意即养他直到老死。

揽梅花扫腊雪'么?"接着就把这诗句的字义一一告诉我。我把这七字反复地念了两遍,笑道"原来如此! 那么,音阶下行时,'雪腊扫花梅揽独'怎么讲呢?"爸爸伸手抚我的头,笑着说:"雪腊扫花梅揽独,王老公公做不到,只好你去做了!"说着便离开我,自去同王老公公闲谈了。

　　我正在独自回想,忽然里面现出一个很新鲜的人影。这是离家半年而昨晚冒雪回来的姐姐的姿态。昨晚她回到家里已是上灯时光,我没有看清楚她。自从暑假开学时相别后,我在白昼的光线中再见她的姿态,现在是第一次。我觉得非常奇怪,在她目前的姿态中,思想感情、态度行为和语调笑声,仍旧是我的姐姐;而面貌和身体好像另换了一个人。她的面貌比前粗而黑,身体比前长而大,好像不是我的姐姐,而是姐姐的姐姐了。姆妈曾讲一个故事给我听:有一个人死去,换了另一个人的灵魂而活转来。于是身体原是他自己

的，灵魂却换了别人的。现在我的姐姐正和这人相反，灵魂原是她自己的，身体却似乎换了别人的。

但这是久别重逢时暂起的感觉。数分钟后，我就不以为奇。同以前看见她换了一身衣服一样，似乎觉得这不过是表面的变化，无论变得怎样，内容中始终是我的姐姐。在阔别的半载中，我常觉得有许多话要同她说；今日重逢，却又想不出什么话来。我们不约而同地走进半年前曾为我们的美术工作场的厢房间里，在映着青白的座上相对坐下。我就同她说起刚才爸爸所唱的音阶来。

"刚才我听爸爸说，他小时候唱音阶，唱作'独揽梅花扫腊雪'。你觉得好笑吗？"

"我曾经见过他小时所用的唱歌书。翻开来第一页上，写着1、2、3、4、5、6、7七个数字，数字下面注着'独揽梅花扫腊雪'一句诗。我也觉得好笑。从前的人的习惯，欢喜把外国来的名字翻译得像中国原有的一样。其实音阶何必也如此呢。这七个字在外国本来是没有意思的。我听中学里的音乐先生说过，这七个字还没有发明的西洋中世纪时代，有一个宗教音乐的作曲者作一首赞美歌，一共七句。每句乐曲开头的一个音，恰好是音阶顺次上行时的七个音；而每句歌词开头的一个字的第一个缀音，恰好是do、re、mi、fa、sol、la、si。因此后人就用这七个字来唱音阶，称它们为'除名'。"

"姐姐！'音名'和'阶名'究竟有什么分别？我们小学里的先生没有讲得清楚。"

"你们六年级的音乐是谁教的？"

"还是华明的爸爸——华先生教的。他教图画教得很好；但是音乐不会教。只管教我们唱，却不教乐理。我到现在还没有明白五线谱的读法呢。"

"五线谱的读法，在乐理中是最机械的最容易的一小部分，一个黄昏也可学会。音乐的性状和组织，才是重要的乐理，学习音乐

的人不可以不研究。像你刚才所说的'音名'和'阶名'的区别的知识，倒是了解音乐的性状和组织的最初步。这区别很浅显，风琴上的键板，各有固定的名称，CDEFGA或B不可移易。这叫做'音名'。我们唱音阶时，随便哪个键板都可当作do。即无论哪个音名都可当做do。这do、re、mi、fa、sol、la、si就叫做'阶名'，阶名是不固定而可以移易的。这区别不是很浅显的吗？比这更深刻而有兴味的，我觉得还是do、re、mi、fa、sol、la、si七个字的性状。我们的先生教我们一个很有趣的比喻。他说音阶里的七个字，好像一个家庭中的七个人物，do字是音阶中的主脑，最重要，最多用，好比家庭里的主人，故称为'属音'。mi字与la字与主音也很协和，也常辅佐主音奏和声，虽不及主音、属音的重要，却也常用，故mi称为'中音'，la称为'次中音'。前者好比这人家的儿子，后者好比女儿。以上四个音在音阶中都是重要的、常用的，犹之父母子女四人都是一家的主人。此外，re附在主音上，称为'上主音'，好比这人家的男仆。fa附在属音下，称为'下属音'，好比这人家的女仆。还有一个si，是引导一个音阶到其次的一个音阶时用的，称为'导音'，我们的先生说它好比是这人家的门房——这比喻真是非常确切，非常有趣⋯⋯"我听得兴味极浓，不禁打断了她的话，插口说道：

"哈！你所说的家庭就是我们家！爸爸是do，姆妈是sol，我是mi，你是la，阿四是re，徐妈是fa，新来的王老公公是si。哈哈，我们这音乐的家庭！⋯⋯"

外面有华明的声音："恭贺新禧，恭贺新禧！"我和姐姐争先出去迎接，我的话也被他打断了。

青年与自然

丰子恺

英诗人瓦姿瓦斯(Wordsworth)的诗里说道：嫩草萌动的春天的田野所告诉我们的教训，比古今圣贤所说的法语指示我们更多的道理。"这正是赞美自然对人的感化力，又正是艺术教育的简单的解说，吾人每当花晨月夕，起无限的感兴。人生精神的发展，思想的进步，至理的觉悟，已往的忏悔，未来的企图，一切这等的动机，大都在这等花晨月夕的感兴中发生的。青年受自然的感化和暗示最多。青年是人生最中坚的，最有变化的一部分。青年一步步地踏进成人的境域去的时候，对于他们所天天接近而最不解的自然，容易发生种种的能动的疑问。这等疑问唤起了他们的无限的感想。这感想各人不同，各用以影响到自己的意志和行为。在孩儿时代，是感观主宰的时代，那时对自然所起的感情大都是在受动的。在成人时代，阅世较深，现实的境遇比较的固定，自然的感化也鲜能深入他们的腑肺，但不过有时引起一时的感兴。唯有极盛的青年期受自然的感化最多。

吾入多常接近的自然，如日月星辰，山川花木等，其中花和月最与人亲。在自然中，月仿佛是慈爱的圣母玛利亚(Maria)，花仿佛是绰约的女神阿佛洛忒(Aphrodite)，常常对人做温和的微笑。

青年与月

吾人一切的感觉，最初是由"光"而引起的。所以光的感化比人其他一切更大。例如曙光，晨星等，足以唤起人的宗教心。人对于光的注目，也比对其他一切更易。小孩生周数小时，就有明安的感觉；数日，便能欢迎适当的光；半年，就能对洋灯微笑。这可以证明人类对光本来是欢迎的。不但幼时，成人喜光的证据也很多。例如妇人们不惜千金去购买刚石，明雨，蛮人集玻璃片或种种发光的东西来装饰，都可以证明凡人是生来有爱光的共通性的。

月是有光物体的一种。月的光有一种特有的性质,是天体中最切实的有兴味的东西。所以月给青年的影响更大。

(一)月是宗教的感情的必要的创意者。在幻觉时代的孩儿,见了挂在天空中的明净的白玉盘,每起奇妙的无顿着①的空想。所谓活物主义,便是他们把月拟人,以为月是太阳的亲戚,对月唱歌,对月舞蹈。他们以月为友,且以为月也是以友情对待儿童的,在他月面歌舞,否则他便嫌寂寞。又或想象月里有神,有孩子群,有玩具。或梦想身入月中,和月同游。在小儿话或歌中,常可以见到这种幻觉,到了十四五岁以后的青年期,变为更有力的感情。

(二)月暗示"爱"。月的团圆的形,月的温柔的光,和月下的天国似的世界,凡关于月的东西,无不知青年的神圣的"爱"相调和,且同性质的。心的爱的世界的状态,可以拿月色的银灰色的世界来代表的。所以月夜的青年,容易被唤起爱的感情:月下追念亡父母或友人的语声,又或者想起离别的恋入或友人,在月中看出亡父母或友人的容颜。或者月下隐闻亡父母或友人的语言声音,又或想起离别的恋人或至友,乞月的传言寄语,在诗词中所常见的。"多磨恋爱"(stormy love)的青年,因月的感化,足以维持纯洁的精神,不敢流于堕落或自弃。"多磨恋爱"青年女子,往往对月祈祷。用这慰藉来鼓励她的勇气,维持她的希望。在实际上,这泛爱的月真是慈母似的佑护青年,真已完全酬答青年对月的祈愿了。试看瑞烟笼罩的大地上,万人均得浴月的柔光。这正是表示月的泛爱,且助人与人的爱。

(三)月狂。因月怀乡,因月生愁,或中夜不寐,或对月涕泣等等,美国斯当来·霍尔氏说是一种精神病,称为月狂。这种状态在青年期最多。境遇坎坷的青年,飘泊的人见月就惹起怨恨和愤懑,诗中

---

①无顿着:是日语中的一种说法,此处意思是不经意。

所谓"举头望明月，低头思故乡"，是见月伤飘泊的诗。类此者颇多。血气方刚的青年遇到这种力，就发泄出来，甚至便月狂。此时优美的月色在这等青年们的眼里，已变为所谓"伤心色"了。这病影响与消化、发育、睡眠、健康很大。

青年与花

幼儿最初的美感是对于花的美感。因为花有美的姿态，可爱的色彩，芳香的气味。在自然物中，是最足以惹人注意的东西。花在下界的地位，仿佛月在天空。幼儿对花，完全是幻觉的。他们与花接吻，为花祈雨。这种拟人的态度，到青年期仍是大部分存着。人类生来就爱花，因此花及于人的影响自然也大。

(一)青年对花的同情。幼儿时代对花的拟人的态度的形式，到青年的时代还残存着，不过内容变异了。幼儿对花是客观的纯粹的活物主义，青年则带几分主观的色彩，在对花所起的感情的背面，同时起一种对于自身的感触。因为花与青年——特别是女子——在各点上相类似的：生命的丰富，色彩的繁荣，元气的旺盛等，都相类似。花可说是青年的象征，所以青年对花分外有同情，分外爱花。爱花便是他们的自爱。花遭难时，更易得青年的同情。所谓"惜花"，"葬花"，实在是他们的自励。因这同情，青年对花大都是拟人的。不过这拟人对花，实在是因为花生起别种联想。少女与花，有更密切的相似点，因此对花容易使人起淑女的联想。所谓"解语花"，"薄命花"，"轻薄花"等，都是以花喻女的。又如穆尔(Moore)[1]的诗中所谓"All her lovely companions are faded and gone…"(她那些司爱的姐妹，早已不在枝头上……)也是以花比少女。这样的例子不少。少女自己，也是默认花是自己的表号的。她们爱花，栽

---

[1]马斯·穆尔（1779-1852）：爱尔兰诗人、音乐家。所选诗句选自他的诗《夏天的最后一支玫瑰》。

花，采花，又簪花、吻花，这种举动的背面，隐着少女们的一种自觉——这样明媚鲜妍的自然的精华，正是我们女性的表号。

人生青年时代犹四季的春天，故曰青春。在时期的关系上，青年与花已有相同的境遇，又青年时代的一切思想感情等精神界的发达，都极绮丽发扬，与花的妩媚极合。因此青年见花仿佛是同调的知交，自然地发生同情。

(二)花与青年道德的感想。花的形质的清雅不凡，使青年起道德的思想。花的形色，表示人生的复杂的象征：例如就色而论，白色表示纯洁，赤色表示爱情和繁荣，紫色有王者的象征。就形而论，桃花梅花表示复杂的统一，菊花表示整齐，玫瑰花牡丹花表示结构的调和，紫藤花等表示变化的统一。这等象征，在不知不觉之间给青年道德的暗示。菊花的凌霜，梅花的耐寒，对人也有一种孤高纯洁的暗示，山间的花，水溪的花，人迹绝少到的地方的花，也同样地开颜发艳，不求人知。这给人更高尚的暗示，引起人的超然遗世的感想。诗所谓"涧户寂无人，纷纷开且落"①，读之引起人对于自然的神秘的探究心，终于崇敬自然的神秘，感人自己的心身。女子受花的道德的暗示，更大于男子。

(三)花给与青年美的感情。青年的艺术修养方面，得意于花的感化不少。花实在是自然界的精英，是自然美中的最显著的。拉斯京②说："见了一大堆火药爆发，或一处陈列十分华丽的商店，一点也没有可以赞美的价值；见了花苞的开放，倒是极有赞美的价值的。"花在实用上，效用极少，不过极少数的几种作药品等用，此外大都是专供装饰的。然而实际上，装饰用的花赐与人们的恩惠真非浅鲜。青年因花而直接陶冶美的感情，有见解影响于道德。无论家庭学校，凡有青年所居的地方，皆有花，这是艺术教育上最有价值的事件。实利的家庭，以种

---

①自唐代诗人王维《辛夷坞》一诗。
②即罗斯金(1819—1900)，英国作家、批评家。

花为虚空无益的事。实利的学校，养鸡似的待遇学生，更不梦想到青年的直观教育的重大。所谓"爱情的只影也不留的，仓库似的校舍"，实在是对于青年的直觉能力的修养给与破坏的感化的。艺术教育发达的国学校园内的载植和宿舍内的花卉布置，极郑重从事的。即使在都会的，地面狭窄的学校，也必设小巧的花台或窗头的盆载。在实利的人们看来以为虚饰，独不知这是学生的精神的保护者。

要之，月和花的本身是"美"，月和花的对青年是"爱"。青年对花月——对一切自然——不可不使自身调和与这美和爱，切不可不"有情化"了这等自然，这等自然就会对青年告说种种的宝贵的教训。不但花月，一切自然，常暗示我们美和爱：蝴蝶梦的春野，木梳风冷的秋山，就是路旁的一草一石头，倘用了纯正的优美又温和的同感的心而照观，这等都是专为我们而示美，又应专为我们而示爱的。优美的青年们！近日秋月将圆，黄花盛开。当月色横空，花荫满庭之夜，你们正可以亲近汶日自鬼花灵，永结神圣之爱！

艺术三昧

有一次我看到吴昌硕写的一方字。觉得单看各笔划，并不好；单看各个字，各行字，也并不好。然而看这方字的全体，就觉得有一种说不出的好处。单看时觉得不好的地方，全体看时都变好，非此反不美了。

原来艺术品的这幅字，不是笔笔，字字，行行的集合，而是一个融合不可分解的全体。各笔各字各行，对于全体都是有机的，即为全体的一员。字的或大或小，或偏或正，或肥或瘦，或浓或淡，或刚或柔，都是全体构成上的必要，绝不是偶然的。即都是为全体而然，不是为个体自已而然的。于是我想象：假如有绝对完善的艺术品的字，必在任何一字或一笔里已经表出全体的倾向。如果把任何一字或一笔改变一个样子，全体也非统统改变不可；又如把任何一字或一笔除去，全体就不成立。换言之，在一笔中已经表出全体，在一笔中可以看出全体，而全体只是一个个体。

所以单看一笔、一字或一行，自然不行。这是伟大的艺术的特点。在绘画也是如此。中国画论中所谓"气韵生动"，就是这个意思。西洋印像画派的持论："以前的西洋画都只是集许多幅小画而成一幅大画，毫无生气。艺术的绘画，非画面浑然融合不可。"在这点上想来，印像派的创生确是西洋绘画的进步。

这是一个不可思议的艺术的三昧境。在一点里可以窥见全体，而在全体中只见一个体。所谓"一有多种，二无两般"（《碧岩录》），就是这个意思吧！这道理看似矛盾又玄妙，其实是艺术的一般的特色，美学上的所谓"多样的统一"，很可明了地解释其意义：譬如有三只苹果，水果摊上的人把它们规则地并列起来，就是"统一"。只有统一是板滞的，是死的。小孩子把它们触乱，东西滚开，就是"多样"。只有多样是散漫的，是乱的。最后来了一个画家，要写生它们，给它们安排成一个可以入画的美的位置，——两个靠拢在后方一边，余一个稍离开在前方，——望去恰好的时候，就是所谓

"多样的统一"，是美的。要统一，又要多样；要规则，又要不规则；要不规则的规则，规则的不规则；要一中有多；多中有一。这是艺术的三昧境！

宇宙是一大艺术。人何以只知鉴赏书画的小艺术，而不知鉴赏宇宙的大艺术呢？人何以不拿看书画的眼来看宇宙呢？如果拿看书画的眼来看宇宙，必可发现更大的三昧境。宇宙是一个浑然融合的全体，万象都是这全体的多样而统一的诸相。在万象的一点中，必可窥见宇宙的全体；而森罗的万象，只是一个个体。勃雷克①的"一粒沙里见世界"，孟子的"万物皆备于我"，就是当做一大艺术而看宇宙的吧！艺术的字画中，没有可以独立存在的一笔。即宇宙间没有可以独立存在的事物。倘不为全体，各个体尽是虚幻而无意义了。那末这个"我"怎样呢？自然不是独立存在的小我，应该融入于宇宙全体的大我中，以造成这一大艺术。

---

①勃雷克：即威廉·布莱克（1757-1827），英国浪漫主义诗人、版画家。

我的母亲

丰子恺

中国文化馆要我写一篇《我的母亲》，并寄我母亲的照片一张。照片我有一张四寸的肖像。一向挂在我的书桌的对面。已有放大的挂在堂上，这一张小的不妨送人。但是《我的母亲》一文从何处说起呢？看看母亲的肖像，想起了母亲的坐姿。母亲生前没有摄取坐像的照片，但这姿态清楚地摄入在我脑海中的底片上，不过没有晒出。现在就用笔墨代替显影液和定影液，把我母亲的坐像晒出来吧：

我的母亲坐在我家老屋的西北角里的八仙椅子上，眼睛里发出严肃的光辉，口角上表出慈爱的笑容。

老屋的西北角里的八仙椅子，是母亲的老位子。从我小时候直到她逝世前数月，母亲空下来总是坐在这把椅子上，这是很不舒服的一个座位：我家的老屋是一所三开间的楼厅，右边是我的堂兄家，左边一间是我的堂叔家，中央一间是我家，但是没有板壁隔开，只拿在左右的两排八仙椅子当作三份人家的界限。所以母亲坐的椅子，背后凌空。若是沙发椅子，三面有柔软的厚壁，凌空原无妨碍。但我家的八仙椅子是木造的，坐板和靠背成九十度角，靠背只是疏疏的几根木条，其高只及人的肩膀。母亲坐着没处搁头，很不安稳。母亲又防椅子的脚摆在泥土上要霉烂，用二三寸高的木座子衬在椅子脚下，因此这只八仙椅子特别高，母亲坐上去两脚须得挂空，很不便利。所谓西北角，就是左边最里面的一只椅子，这椅子的里面就是通过退堂的门。退堂里就是灶间。母亲坐在椅子上向里面顾，可以看见灶头。风从里面吹出的时候，烟灰和油气都吹在母亲身上，很不卫生。堂前隔着三四尺阔的一条天井便是墙门。墙外面便是我们的染坊店。母亲坐在椅子里向外面望，可以看见杂沓往来的顾客，听到沸翻盈天的市井声，很不清静。但我的母亲一向坐在我家老屋西北角里的这样不安稳、不便利、不卫生、不清静的一只八仙椅子上，眼睛发出严肃的光辉，口角上表出慈爱的笑容。母亲为

什么老是坐在这样不舒服的椅子里呢？因为这位子在我家中最为冲要。母亲坐在这位子里可以顾到灶上，又可以顾到店里。母亲为要兼顾内外，便顾不到座位的安稳不安稳，便利不便利，卫生不卫生，和清静不清静了。

我四岁时，父亲中了举人，同年祖母逝世，父亲丁艰在家，郁郁不乐，以诗酒自娱，不管家事，丁艰终而科举废，父亲就从此隐遁。这期间家事店事，内外都归母亲一个兼理。我从书堂出来，照例走向坐在西北角里的椅子上的母亲的身边，向她讨点东西吃吃。母亲口角上表出亲爱的笑容，伸手除下挂在椅子头顶的"饿杀猫篮①"，拿起饼饵给我吃；同时眼睛里发出严肃的光辉，给我几句勉励。

---

①饿杀猫篮：一种用细蔑编制，四周有孔的有盖竹篮，菜碗放在此篮中，猫吃不到，故名。

我九岁的时候，父亲遗下了母亲和我们姐弟六人，薄田数亩和染坊店一间而逝世。我家内外一切责任全部归母亲负担。此后她坐在那椅子上的时间愈加多了。工人们常来坐在里面的凳子上，同母亲谈家事；店伙们常来坐在外面的椅子上，同母亲谈店事；父亲的朋友和亲戚邻人常来坐在对面的椅子上，同母亲交涉或应酬。我从学堂里放假回家，又照例走向西北角里的椅子边，同母亲讨个铜板。有时这四班人同时来到，使得母亲招架不住，于是她用了眼睛的严肃的光辉来命令，警戒，或交涉；同时又用了口角上的慈爱的笑容来劝勉，抚爱，或应酬。当时的我看惯了这种光景，以为母亲是天生成坐在这只椅子上的，而且天生成有四班人向她缠绕不清的。

我十七岁离开母亲，到远方求学。临行的时候，母亲眼睛里发出严肃的光辉，诫告我待人接物求学立身的大道；口角上表出慈爱的笑容，关照我起居饮食一切的细事。她给我准备学费，她给我置备行李，她给我制一罐猪油炒米粉，放在我的网篮里；她给我做一个小线板，上面插两只引线放在我的箱子里，然后送我出门。放假归来的时候，我一进店门，就望见母亲坐在西北角里的八仙椅子上。她欢迎我归家，口角上表出慈爱的笑容，她探问我的学业，眼睛里发出严肃的光辉。晚上她亲自上灶，烧些我所爱吃的菜蔬给我吃，灯下她详询我的学校生活，加以勉励，教训，或责备。

我廿二岁毕业后，赴远方服务，不克依居母亲膝下，唯假期归省。每次归家，依然看见母亲坐在西北角里的椅子上，眼睛里发出严肃的光辉，口角上表现出慈爱的笑容。她像贤主一般招待我，又像良师一般教训我。

我三十岁时，弃职归家，读书著述奉母，母亲还是每天坐在西北角里的八仙椅子上，眼睛里发出严肃的光辉，口角上表出慈爱的笑容。只是她的头发已由灰白渐渐转成银白了。

我三十三岁时，母亲逝世。我家老屋西北角里的八仙椅子上，从

此不再有我母亲坐着了。然而每逢看见这只椅子的时候，脑际一定浮出母亲的坐像——眼睛里发出严肃的光辉，口角上表出慈爱的笑容。她是我的母亲，同时又是我的父亲。她以一身任严父兼慈母之职而训诲我抚养我，我从呱呱坠地的时候直到三十三岁，不，直到现在。陶渊明诗云："昔闻长者言，掩耳每不喜。"我也犯这个毛病；我曾经全部接受了母亲的慈爱，但不会全部接受她的训诲。所以现在我每次想像中瞻望母亲的坐像，对于她口角上的慈爱的笑容觉得十分感谢，对于她眼睛里的严肃的光辉，觉得十分恐惧。这光辉每次给我以深刻的警惕和有力的勉励。

1937年2月28日

新年怀旧

丰子恺

　　我似觉有二十多年不逢着"新年"了。因为近二十多年来,我所逢着的新年,大都不像"新年"。每逢年底,我未尝不热心地盼待"新年"的来到;但到了新年,往往大失所望,觉得这不是我所盼待的"新年"。我所盼待的"新年"似乎另外存在着,将来总有一天会来到的。再过半个月,新年又将来临。料想它又是不像"新年"的,也无心盼待了,且回想过去吧。

　　我所认为像"新年"的新年,只有二十多年前,我幼时所逢到的几个"新年"。近二十多年来,我每逢新年,全靠对它们的回忆,在心中勉强造出些"新年"似的情趣来,聊以自慰。回忆的力一年一年地薄弱起来,现在若不记录一些,恐怕将来的新年,连这点聊以自慰的空欢也没有了。

　　当阳历还被看作"洋历",阴历独裁地支配着时间的时代,新年真是一个极盛大的欢乐时节!一切空气温暖而和平,一切人公然地嬉戏。没有一个人不穿新衣服,没有一个人不是新剃头。尤其是我,正当童年时代,不知众苦,但有一切乐。我的新年的欢乐,始于新年的eve(前夕)。

　　大年夜的夜饭,我故意不吃饱,留些肚皮,用以享受夜间游乐中的小食、半夜里的暖锅,和后半夜的接灶圆子。吃过夜饭,店里的柜台上就点着一对红蜡烛、一只风灯。红蜡烛是岁烛,风灯是供给往来的收账人看账目用的。从黄昏起,直至黎明,街上携着灯笼收账的人络绎不绝。来我们店里收账的人,最初上门来,约在黄昏时,谈了些寒暄,把账簿展开来看一看,大约有多少。假如看见管账先生不拿出钱来,他们会很客气地说一声"等一会儿再算",就告辞。第二次来,约在半夜时。这会拿过算盘业,确实地决算一下,打了一个折扣,再在算盘上摸脱了零头,得到一个该付的实数。倘我们的管账先生因为自己的店帐没有收齐,回报他们说,"再等一会儿付款",收账的人也会很客气地满口答允,提了灯笼又去了。第三次来时,约

在后半夜。有的收清账款，有的反而把旧欠放弃不收，说道"带点老亲"。于是大家说着"开年会"，很客气地相别。我们的收账员，也提了灯笼，向别家去演同样的把戏，直到后半夜或黎明方才收清。这在我这样的孩子们看来，真是一年一度的难得的热闹。平日天一黑就关门，这一天通夜开放，灯火满街。我们但见一班灯笼进，一班灯笼出，店堂里充满着笑语和客气话，心中着实希望着账款不要立刻付清，因此延长一点夜的闹热。在前半夜，我常常跟了我们店里的收账员，向各店收账。每次不过是看一看数目，难得收到钱。但遍访各店，在我是一种趣味。他们有的在那里请年菩萨，有的在那里准备过新年。还有的已经把年夜当作新年，在那里掷骰子，欢呼声充满了店堂的里面。有的认识我是小老板，还要拿本店的本产货的食物送给我吃，表示亲善。我吃饱了东西回到家里，里面别是一番热闹：堂前点着岁烛和保险灯。灶间里拥着大批人看放谷花。放的人一手把糯米谷撒进镬子里去，一手拿着一把稻草不绝地在镬子底上撩动。那些糯米谷得了热气，起初"拍，拍"地爆响，后来米脱出了谷皮，渐渐膨胀起来，终于放得像朵朵梅花一样。这些梅花在环视者的欢呼声中出了镬子，就被拿到厅上的桌子上去挑选。保险灯光下的八仙桌，中央堆了一大堆谷花，四周围着张开笑口的男女老幼许多人。你一堆，我一堆，大家竟把耷(jóng)糠剔去，拣出纯白的谷花来，放在一只竹篮里，预备新年里泡糖茶请客人吃。我也参加在这人丛中；但我的任务不是拣而是吃。那白而肥的谷花，又香又爆，比炒米更松，比蛋片更脆，又是一年中难得尝到的异味。等到拣好了谷花，端出暖锅来吃半夜饭的时候，我的肚子已经装饱，只为着吃后的"毛草纸揩嘴"的兴味，勉强凑在桌上。所谓"毛草纸揩嘴"，是每年年夜例行的一种习惯。吃过年夜饭，家里的母亲乘孩子们不备拿出预先准备着的老毛草纸向孩子们口上揩抹。其意思是把嘴当做屁眼，这一年里即使有不吉利的话出口，也等于放屁，不会影响事实。但孩子们

何尝懂得这番苦心？我们只是对于这种恶戏发生兴味，便模仿母亲，到毛厕间里去拿张草纸来，公然地向同辈，甚至长辈的嘴上去乱擦。被擦者决不忿怒，只是掩口而笑，或者笑着逃走。于是我们擎起草纸，向后面追赶。不期正在追赶的时候，自己的嘴却被第三者用草纸揩过了。于是满堂哄起热闹的笑声。

夜半过后在时序上已经是新年了，但在习惯上，这五六个小时还算是旧年。我们于后半夜结伴出门，各种商店统统开着，街上行人不绝，收账的还是提着灯笼幢幢来往。但在一方面，烧头香的善男信女，已经携着香烛向寺庙巡礼了。我们跟着收账的，跟着烧香的，向全镇乱跑，直到肚子跑饿，天将向晓，然后回到家里来吃了接灶圆子，怀着了明朝的大欢乐的希望而酣然就睡。

元旦日，起身大家迟。吃过谷花糖茶，白日的乐事，是带了去年底预先积存着的零用钱，压岁钱，和客人们给的糕饼钱，约伴到街上去吃烧卖。我上街的本意不在吃烧卖，却在花纸儿和玩具上。我记得，似乎每年有几张新鲜的花纸儿给我到手。拿回家来摊在八仙桌上，引得老幼人人笑口皆开。晏晏地吃过了隔年烧好的菜和饭，下午的兴事是敲年锣鼓。镇上备有锣鼓的人家不很多，但是各坊都有一二处。我家也有一副，是我的欢喜及时行乐的祖母所置备的。平日深藏在后楼，每逢新年，拿到店堂里来供人演奏。元旦的下午，大街小巷，鼓乐之声遥遥相应。现在回想，这种鼓乐最宜用为太平盛世的点缀。丝竹管弦之音固然幽雅，但其性质宜于少数人的清赏，非大众的。最富有大众性的乐器，莫如打乐(打击乐器)。俗语云："锣鼓响，脚底痒。"因为这是最富有对大众的号召力的乐器。打乐之中，除大锣鼓外，还有小锣、班鼓、檀板、大铙钹、小铙钹等，都是不能演奏旋律的乐器。因此奏法也很简单，只是同样的节奏的反复，不过在轻重缓急之中加以变化而已。像我，十来岁的孩子，略略受人指导也能自由地参加新年的鼓乐演奏。一切音乐学习，无如这种打乐之容易速成者。

这大概也是完成其大众性的一种条件吧。这种浩荡的音节，都是暗示昂奋的，华丽的，盛大的。在近处听这种音节时，听者的心会忙着和它共鸣，无暇顾到他事。好静的人所以讨厌打乐，也是为此。从远处听这种音节，似觉远方举行着热闹的盛会，不由你的心不向往。好群的人所以要脚底痒者，也正是为此。试想：我们一个数百户的小镇同时响出好几处的浩荡的鼓乐来，云中的仙人听到了，也不得不羡慕我们这班盛世黎民的欢乐呢。

新年的晚上，我们又可从花炮享受种种的眼福。最好看的是放万花筒。这往往是大人们发起而孩子们热烈赞成的。大人们一到新年，似乎袋里有的都是闲钱。逸兴到时，斥两百文购大万花筒三个，摆在河岸一齐放将起来。河水反照着，映成六株开满银花的火树，这般光景真像美丽的梦境。东岸上放万花筒，西岸上的豪侠少年岂肯袖手旁观呢？势必响应在对岸上也放起一套来。继续起来的就变花样。或者高高地放几十个流星到天空中，更引起远处的响应；或者放无数雪炮，隔河作战。闪光满目，欢呼之声盈耳，火药的香气弥漫在夜天的空气中。当这时候，全镇的男女老幼，大家一致兴奋地追求欢乐，似乎他们都是以游戏为职业的。独有爆竹业的人，工作特别多忙。一新年中，全镇上此项消费为数不小呢：送灶过年，接灶，接财神，安灶……每次斋神，每家总要放四个斤炮，数百鞭炮。此外万花筒，流星，雪炮等观赏的消耗，更无限制。我的邻家是业爆竹的。我幼时对于爆竹店，比其余一切地方都亲近。自年关附近至新年完了，差不多每天要访问爆竹店一次。这原是孩子们的通好，不过我特别热心。我曾把鞭炮拆散来，改制成无数的小万花筒，其法将底下的泥挖出，将头上的引火线拔下来插入泥孔中，倒置在水槽边上燃放起来，宛如新年夜河岸上的光景。虽然简陋，但神游其中，不妨想象得比河岸上的光景更加壮丽。这种火的游戏只限于新年内举行，平日是不被许可的。因此火药气与新年，在我的感觉上有不可分离的关联。到现在，偶尔闻到火药气时，我

还能立刻联想到新年及儿时的欢乐呢。

二十多年来，我或为负笈，或为糊口，频频离开故乡。上述的种种新年的点缀，在这二十多年间无形无迹地渐渐消灭起来。等到最近数年前我重归故乡息足的时候，万事皆非昔比，新年已不像"新年"了。第一，经济衰落与农村破产凋弊了全镇的商业，使商店难于立足，不敢放账，年夜里早已没有携了灯笼幢幢往来收账的必要了。第二，阴历与阳历的并存扰乱了新年的定标，模糊了新年的存在。阳历新年多数人没有娱乐的勇气，阴历新年又失了娱乐的正当性，于是索性废止娱乐。我们可说每年得逢两度新年；但也可说一度也没有逢，似乎新年也被废止了。第三，多数的人生活局促，衣食且不给，遑论新年与娱乐？故现在的除夜，大家早早关门睡觉，几与平日无异。现在的新年，难得再闻鼓乐之声。现在的爆竹店，只卖几个迷信的实用上所不可缺的鞭炮，早已失去了娱乐品商店的性质。况且战乱频仍，这种迷信的实用有时也被禁，爆竹商的存在亦已岌岌乎了。

我们的新年，因了阴阳历的并存而不明确；复因了民生的疾苦而无生气，实在是我们的生活趣味上的一大缺憾！我不希望开倒车回复二十多年前的儿时，但希望每年有个像"新年"的新年，以调剂一年来工作的辛苦，恢复一年来工作的疲劳。我想这像"新年"的新年一定存在着，将来总有一天会来到的。

1935年12月13日作

旧地重游

丰子恺

旧地重游，以前所惯识的各种景物争把过去的事情告诉我，使我耳目不暇应接，心情不胜感慨。我素不喜重游旧居之地，便是为此。但到了不得已的时候，也只得硬着头皮，带着赴难似的心情去重游。前天又为了不得已之故，重到旧地。诗人在这当儿一定可以吟几句。我也想学学看，但觉心绪缭乱，气结不能言，遑论做诗：只是那迎人的柳树使我忆起了从前在不知什么书上读过的一首古人诗"此地曾居住，今年宛如归。可怜汶上柳，相见也依依。"①

这二十个字在我心中通过，心绪似被整理，气也通畅得多了。

次日上午，朋友领我到了旧时所惯到的茶楼上，坐在旧时所惯坐的藤椅里。便有旧时惯见的茶伙计的红肿似的手臂，拿了旧时所惯用的茶具来，给我们倒茶。这里是楼上的内室。室中只设五桌座位，他们称之为"雅座"。茶钱比他处贵，外室和楼上每壶十一个铜元，这里要十六个铜元。因这原故，雅座常很清静。外室和楼下充满了紫铜色的脸，翡翠色的脸和愤恨不平的话声时，你只要走上扶梯，钻进一个环门，就有闲静的明窗净几。有时空无一人，专等你来享用；有时窗下墙角疏朗朗地点缀着几个小白脸，金牙齿，或仁丹须，静静地在那里咬瓜子，或者摆腿。这好比超过了红尘而登入仙境。五个铜板的法力大矣哉。以前我住在此地的时候，每次到这茶楼，未尝不这样赞叹。这回久别重到，适值外室和楼下极闹而雅座为我们独占，便见脸盆大的五个铜板出现在我的眼前了。我们替茶店打算，这里虽然茶钱贵了五个铜板，但是比较起外面来，座位疏，设备贵，顾客少。照外面的密接的布置，这块地方有十桌可摆，这里只摆五桌。外面用圆凳，这里用藤椅子。外面座客常满，这里空的时候多。三路的损失决不止五个铜板。这雅座显然是蚀本生意。这样想来，我们和小白脸，金牙齿，仁丹须的清福，全是那紫铜色的脸，

---

①出自唐代诗人岑参的《题平阳郡汾桥边柳树》。其中"今年宛如归"今多作："今来宛似归"。

翡翠色的脸和愤恨不平的话声所惠赐的。

我注视桌面，温习那旧时所看熟的木纹的模样。那红肿似的手臂又提了茶罐出现在我的眼前。手臂上面有一张笑口正在对我说话。

"老先生，长久不到了。近来出门？"

"嘿嘿，长久不到了，我已经搬走，今天是来作客的。"

"啊，搬走了!怪不得老客人长久不到了。"

"这房间都是老客人吗？"

"嗳，总是这几位先生，难得有生客。"

"我看这里空的时候多，你们怎么开销？"

"嗳，生意是全靠外面的，不过长衫班的先生请过来，这里座位清爽些。哈哈!"

他一面笑，一面把雪白的热手巾分送给我们，并加说明：

"这毛巾都是新的，旧的都放在外面用。"

啊，他还记忆着我旧时的习惯。我以前不欢喜和别人共用毛巾。这习惯的由来，最初是一种特殊的癖，后来是怕染别人的病，又后来是因为自己患沙眼，怕把这"亡国之病"传给别人，所以出门的时候，严格地拒绝热手巾。这茶伙计的热手巾也曾被我拒绝过。我不到这茶楼已将两年了，他还记忆着我的习惯。在这点上他可说是我的知己。其实，近来我这习惯，已经移改。因为我觉得严防传染病近于迷信，又觉得严防"亡国之病"未必可以保国，这特殊的癖就渐渐消除。况且我这知己用了这般殷勤体贴的态度而把雪白的热手巾送到我手里，却之不恭，我便欣然地接受而享用了。雪白，火热的一团花露水香气扑上我的面孔，颇觉快适。但回味他的说话，心中又起一种不快之感，这些清静的座位，雪白的毛巾，原来是茶店老板特备给当地的绅士先生们享用的。像我，一个过路的旅客，不过穿件长衫，今天也来掠夺他们的特权，而使外面的人们用我所用旧的

毛巾，实在不应该；同时我也不愿意。但这茶伙计已经知道我是过路的客人。他只为了过去的旧谊而浪费这种殷勤，我对于他这点纯洁的人情是应该恭敬地领谢的。

我送还他毛巾的时候说了一声"谢谢你!"但这三个字在这环境之下用得很不适当。那人惊异地向我一看。然后提了茶罐和毛巾走出环门去。他的背影的姿态突然使我回复了两年前的心情，似觉这两年间的生活是做一个梦，并未过去。

归家的火车十二点钟开。我在十一点半辞别了我的朋友而先下茶楼。走过通达我的旧寓的小路口，望见里面几株杨柳正在向我点头。似乎在告诉我："一架图书和一群孩子在这柳阴深处的老屋里等你归去呢!"我的脚几乎顺顺地跨进了小路。终于踏上马路向车站这方面去了。

1933年5月7日

秋

　　我的年岁上冠用了"三十"二字，至今已两年了。不解达观的我，从这两个字上受到了不少的暗示与影响。虽然明明觉得自己的体格与精力比二十九岁时全然没有什么差异，但"三十"这一个观念笼在头上，犹之张了一顶阳伞，使我的全身蒙了一个暗淡色的阴影，又仿佛在日历上撕过了立秋的一页以后，虽然太阳的炎威依然没有减却，寒暑表上的热度依然没有降低，然而只当得余威与残暑，或霜降木落的先驱，大地的节候已从今移交于秋了。

　　实际，我两年来的心情与秋最容易调和而融合。这情形与从前不同。在往年，我只慕春天。我最欢喜杨柳与燕子。尤其欢喜初染鹅黄的嫩柳。我曾经名自己的寓居为"小杨柳屋"，曾经画了许多杨柳燕子的画，又曾经摘取秀长的柳叶，在厚纸上裱成各种风调的眉，想象这等眉的所有者的颜貌，而在其下面添描出眼鼻与口。那时候我每逢早春时节，正月二月之交，看见杨柳枝的线条上挂了细珠，带了隐隐的青色而"遥看近却无"的时候，我心中便充满了一种狂喜，这狂喜又立刻变成焦虑，似乎常常在说："春来了！不要放过！赶快设法招待它，享乐它，永远留住它。"我读了"良辰美景奈何天"等句，曾经真心地感动。以为古人都太息一春的虚度，前车可鉴！到我手里决不放它空过了。最是逢到了古人惋惜最深的寒食清明，我心中的焦灼便更甚。那一天我总想有一种足以充分酬偿这佳节的举行。我准拟作诗，作画，或痛饮，漫游。虽然大多不被实行；或实行而全无效果，反而中了酒，闹了事，换得了不快的回忆；但我总不灰心，总觉得春的可恋。我心中似乎只有知道春，别的三季在我都当作春的预备，或待春的休息时间，全然不曾注意到它们的存在与意义。而对于秋，尤无感觉：因为夏连续在春的后面，在我可当作春的过剩；冬先行在春的前面，在我可当作春的准备；独有与春全无关联的秋，在我心中一向没有它的位置。

　　自从我的年龄告了立秋以后，两年来的心境完全转了一个方

向，也变成秋天了。然而情形与前不同：并不是在秋日感到像昔日的狂喜与焦灼。我只觉得一到秋天，自己的心境便十分调和。非但没有那种狂喜与焦灼，且常常被秋风秋雨秋色秋光所吸引而融化在秋中，暂时失却了自己的所在。而对于春，又并非像昔日对于秋的无感觉。我现在对于春非常厌恶。每当万象回春的时候，看到群花的斗艳，蜂蝶的扰攘，以及草木昆虫等到处争先恐后地滋生繁殖的状态，我觉得天地间的凡庸、贪婪、无耻、与愚痴，无过于此了！尤其是在青春的时候，看到柳条上挂了隐隐的绿珠，桃枝上着了点点的红斑，最使我觉得可笑又可怜。我想唤醒一个花蕊来对它说："啊！你

也来反复这老调了! 我眼看见你的无数祖先,个个同你一样地出世,个个努力发展,争荣竞秀;不久没有一个不憔悴而化泥尘。你何苦也来反复这老调呢? 如今你已长了这孽根,将来看你弄娇弄艳,装笑装颦,招致了蹂躏、摧残、攀折之苦,而步你的祖先们的后尘!"

实际,迎送了三十几次的春来春去的人,对于花事早已看得厌倦,感觉已经麻木,热情已经冷却,决不会再像初见世面的青年少女似地为花的幻姿所诱惑而赞之、叹之、怜之、惜之了。况且天地万物,没有一件逃得出荣枯、盛衰、生夭、有无之理。过去的历史昭然地证明着这一点,无须我们再说。古来无数的诗人千篇一律地为伤春惜花费词,这种效颦也觉得可厌。假如要我对于世间的生荣死灭费一点词,我觉得生荣不足道,而宁愿欢喜赞叹一切的死灭。对于前者的贪婪、愚昧、与怯弱,后者的态度何等谦逊、悟达,而伟大! 我对于春与秋的舍取,也是为了这一点。

夏目漱石①三十岁的时候,曾经这样说:"人生二十而知有生的利益;二十五而知有明之处必有暗;至于三十岁的今日,更知明多之处暗亦多,欢浓之时愁也重。"我现在对于这话也深抱同感,有时又觉得三十的特征不止这一端,其更特殊的是对于死的体感。青年们恋爱不遂的时候惯说生生死死,然而这不过是知有"死"的一回事而已,不是体感。犹之在饮冰挥扇的夏日,不能体感到围炉拥衾的冬夜的滋味。就是我们阅历了三十几度寒暑的人,在前几天的炎阳之下也无论如何感不到浴日的滋味。围炉、拥衾、浴日等事,在夏天的人的心中只是一种空虚的知识,不过晓得将来须有这些事而已,但是不可能体感它们的滋味。须得入了秋天,炎阳逞尽了威势而渐渐退却,汗水浸胖了的肌肤渐渐收缩,身穿单衣似乎要打寒噤,而手触法郎绒觉得快适的时候,于是围炉、拥衾、浴日等知识方

---

①夏目漱石(1867-1916),日本作家。

能渐渐融入体验界中而化为体感。我的年龄告了立秋以后，心境中所起的最特殊的状态便是这对于"死"的体感。以前我的思虑真疏浅！以为春可以常在人间，人可以永在青年，竟完全没有想到死。又以为人生的意义只在于生，而我的一生最有意义，似乎我是不会死的。直到现在，仗了秋的慈光的鉴照，死的灵气钟育，才知道生的甘苦悲欢，是天地间反复过亿万次的老调，又何足珍惜？我但求此生的平安的度送与脱出而已，犹之罹了疯狂的人，病中的颠倒迷离何足计较？但求其去病而已。

　　我正要搁笔，忽然西窗外黑云弥漫，天际闪出一道电光，发出隐隐的雷声，骤然洒下一阵夹着冰雹的秋雨。啊！原来立秋过得不多天，秋心稚嫩而未曾老练，不免还有这种不调和的现象，可怕哉！

　　　　　　　　　　　　　　　　　　　　　　　　1929年秋日

梦
痕

丰
子
恺

　　我的左额上有一条同眉毛一般长短的疤。这是我儿时游戏中在门槛上跌破了头颅而结成的。相面先生说这是破相，这是缺陷。但我自己美其名曰"梦痕"。因为这是我的梦一般的儿童时代所遗留下来的唯一的痕迹。由这痕迹可以探寻我的儿童时代的美丽的梦。

　　我四五岁时，有一天，我家为了"打送"（吾乡风俗，亲戚家的孩子第一次上门来作客，辞去时，主人家必做几盘包子送他，名曰"打送"）某家的小客人，母亲，姑母，婶母和诸姐们都在做米粉包子。厅屋的中间放一只大匾，匾的中央放一只大盘，盘内盛着一大堆粘土一般的米粉，和一大碗做馅用的甜甜的豆沙。母亲们大家围坐在大匾的四周。各人卷起衣袖，向盘内摘取一块米粉来，捏做一只碗的形状；挟取一筷豆沙来藏在这碗内；然后把碗口收拢来，做成一个圆子。再用手法把圆子捏成三角形，扭出三条绞丝花纹的脊梁来；最后在脊梁凑合的中心点上打一个红色的"寿"字印子，包子便做成。一圈一圈地陈列在大匾内，样子很是好看。大家一边做，一边兴高采烈地说笑。有时说谁的做得太小，谁的做得太大；有时盛称姑母的做得太玲珑，有时笑指母亲的做得像个塌饼。笑语之声，充满一堂。这是年中难得的全家欢笑的日子。而在我，做孩子们的，在这种日子更有无上的欢乐；在准备做包子时，我得先吃一碗甜甜的豆沙。做的时候，我只要吵闹一下子，母亲们会另做一只小包子来给我当场就吃。新鲜的米粉和新鲜的豆沙，热热地做出来就吃，味道是好不过的。我往往吃一只不够，再吵闹一下子就有得吃第二只。倘然吃第二只还不够，我可嚷着要替她们打寿字印子。这印子是不容易打的：蘸的水太多了，打出来一塌糊涂，看不出寿字；蘸的水太少了，打出来又不清楚；况且位置要摆得正，歪了就难看；打坏了又不能揩抹涂改。所以我嚷着要打印子，是母亲们所最怕的事。她们便会和我商量，把做圆子收口时摘下来的一小粒米粉给我，叫我"自

已做来自己吃。"这正是我所盼望的主目的! 开了这个例之后, 各人做圆子收口时摘下来的米粉, 就都得照例归我所有。再不够时还得要求向大盘中扭一把米粉来, 自由捏造各种粘土手工: 捏一个人, 团拢了, 改捏一个狗; 再团拢了, 再改捏一只水烟管……捏到手上的龌龊都混入其中, 而雪白的米粉变成了灰色的时候, 我再向她们要一朵豆沙来, 裹成各种三不像的东西, 吃下肚子里去。这一天因为我吵得特别厉害些, 姑母做了两只小玲珑的包子给我吃, 母亲又外加摘一团米粉给我玩。为求自由, 我不在那场上吃弄, 拿了到店堂里, 和五哥哥一同玩弄。五哥哥者, 后来我知道是我们店里的学徒, 但在当时我只知道他是我儿时的最亲爱的伴侣。他的年纪比我长, 智力比我高, 胆量比我大, 他常做出种种我所意想不到的玩意儿来, 使得我惊奇。这一天我把包子和米粉拿出去同他共玩, 他就寻出几个印泥菩萨的小型的红泥印子来, 教我印米粉菩萨。

后来我们争执起来, 他拿了他的米粉菩萨逃, 我就拿了我的米粉菩萨追。追到排门旁边, 我跌了一交, 额骨磕在排门槛上, 磕了眼睛大小的一个洞, 便昏迷不省。等到知觉的时候, 我已被抱在母亲手里, 外科郎中蔡德本先生, 正在用布条向我的头上重重叠叠地包裹。

自从我跌伤以后, 五哥哥每天乘店里空闲的时候到楼上来省问我。来时必然偷偷地从衣袖里摸出些我所爱玩的东西来——例如关在自来火匣子里的几只叩头虫, 洋皮纸人头, 老菱壳做成的小脚, 顺治铜钿①磨成的小刀等——送给我玩, 直到我额上结成这个疤。

讲起我额上的疤的来由, 我的回想中印象最清楚的人物, 莫如五哥哥。而五哥哥的种种可惊可喜的行状, 与我的儿童时代的欢乐, 也便跟了这回想而历历地浮出到眼前来。

他的行为的顽皮, 我现在想起了还觉吃惊。但这种行为对于当

①指清朝顺治年间铸造的圆形方孔铜币。

时的我，有莫大的吸引力，使我时时刻刻追随他，自愿地做他的从者。他用手捉住一条大蜈蚣，摘去了它的有毒的钩爪，而藏在衣袖里，走到各处，随时拿出来吓人。我跟了他走，欣赏他的把戏。他有时偷偷地把这条蜈蚣放在别人的瓜皮帽子上，让它沿着那人的额骨爬下去，吓得那人直跳起来。有时怀着这条蜈蚣去登坑，等候邻席的登坑者正在拉粪的时候，把蜈蚣丢在他的裤子上，使得那人扭着裤子乱跳，累了满身的粪。又有时当众人面前他偷把这条蜈蚣放在自己的额上，假装被咬的样子而号啕大哭起来，使得满座的人惊惶失措，七手八脚地为他营救。正在危急存亡的时候，他伸起手来收拾了这条蜈蚣，忽然破涕为笑，一缕烟逃走了。后来这套戏法渐渐做穿，有的人警告他说，若是再拿出蜈蚣来，要打头颈拳①了。于是他换出别种花头来：他躲在门口，等候警告打头颈拳的人将走出门，突然大叫一声，倒身在门槛边的地上，乱滚乱撞，哭着嚷着，说是践踏了一条臂膀粗的大蛇，但蛇是已

① 作者家乡话，意即打耳光。

经钻进榻底下去了。走出门来的人被他这一吓，实在魂飞魄散；但见他的受难比他更深，也无可奈何他，只怪自己的运气不好。他看见一群人蹲在岸边钓鱼，便参加进去，和蹲着的人闲谈。同时偷偷地把其中相接近的两人的辫子梢头结住了，自己就走开，躲到远处去作壁上观。被结住的两人中若有一人起身欲去，滑稽剧就演出来给他看了。诸如此类的恶戏，不胜枚举。

现在回想他这种玩耍，实在近于为虐的戏谑。但当时他热心地创作，而热心地欣赏的孩子，也不止我一个。世间的严正的教育者！请稍稍原谅他的顽皮！我们的儿时，在私塾里偷偷地玩了一个折纸手工，是要遭先生用铜笔套管在额骨上猛钉几下，外加在至圣先师孔子之神位面前跪一支香的！

况且我们的五哥哥也曾用他的智力和技术来发明种种富有趣味的玩意，我现在想起了还可以神往。暮春的时候，他领我到田野去偷新蚕豆。把嫩的生吃了，而用老的来做"蚕豆水龙"。其做法，用煤头纸把老蚕豆荚熏得半熟，剪去其下端，用手一捏，荚里的两粒豆就从下端滑出，再将荚的顶端稍稍剪去一点，使成一个小孔。然后把豆荚放在水里，待它装满了水，以一手的指捏住其下端而取出来，再以另一手的指用力压榨豆荚，一条细长的水带便从豆荚的顶端的小孔内射出。制法精巧的，射水可达一二丈之远。他又教我"豆梗笛"的做法：摘取豌豆的嫩梗长约寸许，以一端塞入口中轻轻咬嚼，吹时便发嗐嗐之音。再摘取蚕豆梗的下段，长约四五寸，用指爪在梗上均匀地开几个洞，作成笛的样子。然后把豌豆梗插入这笛的一端，用两手的指随意启闭各洞而吹奏起来，其音宛如无腔之短笛。他又教我用洋蜡烛的油作种种的浇造和塑造。用芋艿或番薯刻种种的印版，大类现今的木版画。……诸如此类的玩意，亦复不胜枚举。

现在我对这些儿时的乐事久已缘远了。但在说起我额上的疤的

来由时，还能热烈地回忆神情活跃的五哥哥和这种兴致蓬勃的玩意儿。谁言我左额上的疤痕是缺陷？这是我的儿时欢乐的佐证，我的黄金时代的遗迹。过去的事，一切都同梦幻一般地消灭，没有痕迹留存了。只有这个疤，好像是"脊杖二十，刺配军州"时打在脸上的金印，永久地明显地录着过去的事实，一说起就可使我历历地回忆前尘。仿佛我是在儿童世界的本贯地方犯了罪，被刺配到这成人社会的"远恶军州"来的。这无期的流刑虽然使我永无还乡之望，但凭这脸上的金印，还可回溯往昔，追寻故乡的美丽的梦啊！

1934年6月7日

阿庆

丰子恺

　　我的故乡石门湾虽然是一个人口不满一万的小镇，但是附近村落甚多，每日上午，农民出街做买卖，非常热闹，两条大街上肩摩踵接，推一步走一步，真是一个商贾辐辏（còu）的市场。我家住在后河，是农民出入的大道之一。多数农民都是乘航船来的，只有卖柴的人，不便乘船，挑着一担柴步行入市。

　　卖柴，要称斤两，要找买主。农民自己不带秤，又不熟悉哪家要买柴。于是必须有一个"柴主人"。他肩上扛着一支大秤，给每担柴称好分量，然后介绍他去卖给哪一家。柴主人熟悉情况，知道哪家要硬柴，哪家要软柴，分配各得其所。卖得的钱，农民九五扣到手，其余百分之五是柴主人的佣钱。农民情愿九五扣到手，因为方便得多，他得了钱，就好扛着空扁担入市去买物或喝酒了。

　　我家一带的柴主人，名叫阿庆。此人姓什么，一向不传，人都叫他阿庆。阿庆是一个独身汉，住在大井头的一间小屋里，上午忙着称柴，所得佣钱，足够一人衣食，下午空下来，就拉胡琴。他不喝酒，不吸烟，唯一的嗜好是拉胡琴。他拉胡琴手法纯熟，各种京戏他都会拉。当时留声机还不普遍流行，就有一种人背一架有喇叭的留声机来卖唱，听一出戏，收几个钱。商店里的人下午空闲，出几个钱买些精神享乐，都不吝惜。这是不能独享的，许多人旁听，在出钱的人并无损失。阿庆便是旁听者之一。但他的旁听，不仅是享乐，竟是学习。他听了几遍之后，就会在胡琴上拉出来。足见他在音乐方面，天赋独厚。

　　夏天晚上，许多人坐在河沿上乘凉。皓月当空，万籁无声。阿庆就在此时大显身手。琴声宛转悠扬，引人入胜。浔阳江头的琵琶，恐怕不及阿庆的胡琴。因为琵琶是弹弦乐器，胡琴是摩擦弦乐器。摩擦弦乐器接近于肉声，容易动人。钢琴不及小提琴好听，就是为此。中国的胡琴，构造比小提琴简单得多。但阿庆演奏起来，效果不亚于小提琴，这完全是心灵手巧之故。有一个青年羡慕阿庆的演

奏，请他教授。阿庆只能把内外两弦上的字眼——上尺工凡六五乙
仕——教给他。此人按字眼拉奏乐曲，生硬乖异，不成腔调。他怪
怨胡琴不好，拿阿庆的胡琴来拉奏，依旧不成腔调，只得废然而罢。
记得西洋音乐史上有一段插话：有一个非常高明的小提琴家，在一
只皮鞋底上装四根弦线，照样会奏出美妙的音乐。阿庆的胡琴并非
特制，他的心手是特制的。

　　笔者曰：阿庆孑然一身，无家庭之乐。他的生活乐趣完全寄托
在胡琴上。可见音乐感人之深，又可见精神生活有时可以代替物质
生活。感悟佛法而出家为僧者，亦犹是也。

1983年2月9日

还我缘缘堂

丰子恺

　　二月九日天阴，居萍乡暇鸭塘萧祠已经二十多天了。这里四面是田，田外是山，人迹少到，静寂如太古。加之二十多天以来，天天阴雨，房间里四壁空虚，行物萧条，与儿相对枯坐，不啻囚徒。次女林先性最爱美，关心衣饰，闲坐时举起破碎的棉衣袖来给我看，说道："爸爸，我的棉袍破得这么样了！我想换一件骆驼绒袍子。可是它在东战场的家里——缘缘堂楼上的朝外橱里——不知什么时候可以去拿得来。我们真苦，每人只有身上的一套衣裳！可恶的日本鬼子！"我被她引起很深的同情，心中一番惆怅，继之以一香愤懑。她昨夜睡在我对面的床上，梦中笑了醒来。我问她有什么欢喜。她说她梦中回缘缘堂，看见堂中一切如旧，小皮箱里的明星照片一张也不少，欢喜之余，不觉笑了醒来，今天晨间我代她作了一首感伤的小诗：

> 儿家住近古钱塘，也有朱栏映粉墙。
>
> 三五良宵团聚乐，春秋佳日嬉游忙。
>
> 清平未识流离苦，生小偏遭破国殃。
>
> 昨夜客窗春梦好，不知身在水萍乡。

　　平生不曾作过诗，而且近来心中只有愤懑而没有感伤。这首诗是偶被环境逼出来的。我嫌恶此调，但来了也听其自然。

　　邻家的洪恩要我写对。借了一枝破大笔来。拿着笔，我便想起我家里的一抽斗湖笔，和写对专用的桌子。写好对，我本能伸手向后面的茶几上去取大印子，岂知后面并无茶几，更无印子，但见萧家祠堂前的许多木主，蒙着灰尘站立在神祠里，我心中又起一阵愤懑。

　　晚快章桂从萍乡城里拿邮信回来，递给我一张明片，严肃地说："新房子烧掉了！"我看那明片是二月四日上海裘梦痕[①]寄发的。信片上有一段说："一月初上海新闻报载石门湾缘缘堂已全都焚毁，不

---

①系作者在立达学园执教时的同事。

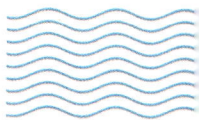

知尊处已得悉否"；下面又说："近来报纸上常有误载，故此消息是否确凿不得而知。"此信传到，全家十人和三个同逃难来的亲戚，齐集在一个房间里聚讼起来，有的可惜橱里的许多衣服，有的可惜堂上新置的桌凳。一个女孩子说：大风琴和打字机最舍不得。一个男孩子说：秋千架和新买的金鸡牌脚踏车最肉痛。我妻独挂念她房中的一箱垫锡器和一箱垫①瓷器。她说："早知如此，悔不预先在秋千架旁的空地上掘一个地洞埋藏了，将来还可去发掘。"正在惋惜，丙潮从旁劝慰道："信片上写着'是否确凿不得而知'，那么不见得一定烧掉的。"大约他看见我默默不语，猜度我正在伤心，所以这两句照着我说。我听了却在心中苦笑。他的好意我是感谢的。但他的猜度却完全错误了。我离家后一日在途中闻知石门湾失守，早把缘缘堂置之度外，随后陆续听到这地方四得四失，便想象它已变成一片焦土，正怀念着许多亲戚朋友的安危存亡，更无余暇去怜惜自己的房屋了。况且，沿途看报某处阵亡数千人，某处被敌虐杀数百人，像我们全家逃出战区，比较起他们来已是万幸，身外之物又何足惜！我虽老弱，但只要不转乎沟壑，还可凭五寸不烂之笔来对抗暴敌，我的前途尚有希望，我决不为房屋被焚而伤心，不但如此，房屋被焚了，在我反觉轻快，此犹破釜沉舟，断绝后路，才能一心向前，勇猛精进。丙潮以空言相慰，我感谢之余，略觉嫌恶。

　　然而黄昏酒醒，灯孤人静，我躺在床上时，也不免想起石门湾的缘缘堂来。此堂成于中华民国二十二年，距今尚未满六岁。形式朴素，不事雕斫而高大轩敞。正南向三开间，中央铺方大砖，供养弘一法师所书《大智度论·十喻赞》，西室铺地板为书房，陈列书籍数千卷。东室为饮食间，内通平屋三间为厨房、贮藏室、及工友的居室。前楼正寝为我与两儿女的卧室，亦有书数千卷。西间为佛堂，四壁

①箱垫：即搁箱子的柜子。

皆经书。东间及后楼皆家人卧室。五年以来,我已同这房屋十分稔熟。现在只要一闭眼睛,便又历历地看见各个房间中的陈设,连某书架中第几层第几本是什么书都看得见,连某抽斗(儿女们曾统计过,我家共有一百二十五只抽斗)中藏着什么东西都记得清楚。现在这所房屋已经付之一炬,从此与我永诀了!

我曾和我的父亲永诀,曾和我的母亲永诀,也曾和我的姐弟及亲戚朋友们永诀,如今和房子永诀,实在值不得感伤悲哀。故当晚我躺在床里所想的不是和房子永诀的悲哀,却是毁屋的火的来源。吾乡于中华民国二十六年十一月六日,吃敌人炸弹十二枚,当场死三十二人,毁房屋数间。我家幸未死人,我屋幸未被毁。后于十一月二十三日失守,失而复得,得而复失,失而复得,得而复失,……以至四进四出,那么焚毁我屋的火的来源不定;是暴敌侵略的炮火

呢,还是我军抗战的炮火呢?现在我不得而知。但也不外乎这两个来源。

于是我的思想达到了一个结论:缘缘堂已被毁了。倘是我军抗战的炮火所毁,我很甘心!堂倘有知,一定也很甘心,料想它被毁时必然毫无恐怖之色和凄惨之声,应是蓦地参天,蓦地成空,让我神圣的抗战军安然通过,向前反攻的。倘是暴敌侵略的炮火所毁,那我很不甘心,堂倘有知,一定更不甘心。料想它被焚时,一定发出暗鸣叱咤之声:"我这里是圣迹所在,麟凤所居。尔等狗彘豺狼胆敢肆行焚毁!亵渎之罪,不容于诛!应着尔等赶速重建,还我旧观,再来伏法!"

无论是我军抗战的炮火所毁,或是暴敌侵略的炮火所毁,在最后胜利之日,我定要日本还我缘缘堂来!东战场,西战场,北战场,无数同胞因暴敌侵略所受的损失,大家先估计一下,将来我们一起同他算帐!

1938年

口中剿匪记

丰子恺

口中剿匪,就是把牙齿拔光。为什么要这样说法呢?因为我口中所剩十七颗牙齿,不但毫无用处,而且常常作祟,使我受苦不浅。现在索性把它们拔光,犹如把盘踞要害的群匪剿尽、肃清,从此可以天下太平,安居乐业。这比喻非常确切,所以我要这样说。

把我的十七颗牙齿比方一群匪,再像没有了。不过这匪不是普通所谓"匪",而是官匪,即贪官污吏。何以言之?因为普通所谓"匪",是当局明令通缉的,或地方合力严防的,直称为"匪"。而我的牙齿则不然:它们虽然向我作祟,而我非但不通缉它们,严防它们,反而袒护它们。我天天洗刷它们;我留心保养它们;吃食物的时候我让它们先尝;说话的时候我委屈地迁就它们;我决心不敢冒犯它们。我如此爱护它们,所以我口中这群匪,不是普通所谓"匪"。

怎见得像官匪,即贪官污吏呢?官是政府任命的,人民推戴的。但他们竟不尽责任,而贪赃枉法,作恶为非,以危害国家,蹂躏人民。我的十七题牙齿,正同这批人物一样。它们原是我亲生的,从小在我口中长大起来的。它们是我身体的一部分,与我痛痒相关的。它们是我吸取营养的第一道关口。它们替我研磨食物,送到我的胃里去营养我全身。它们站在我的言论机关的要路上,帮助我发表意见。它们真是我的忠仆,我的护卫。讵(jù)料它们居心不良,渐渐变坏。起初,有时还替我服务,为我造福,而有时对我虐害,使我苦痛。到后来它们作恶太多,个个变坏,歪斜偏侧,吊儿郎当,根本没有替我服务、为我造福的能力,而一味对我贼害,使我奇痒,使我大痛,使我不能吸烟,使我不得喝酒,使我不能作画,使我不能作文,使我不得说话,使我不得安眠。这种苦头是谁给我吃的?便是我亲生的,本当替我服务、为我造福的牙齿!因此,我忍气吞声,敢怒而不敢言。在这班贪官污吏的苛政之下,我茹苦含辛,已经隐忍了近十年了!不但隐忍,还要不断地买黑人牙膏、消治龙牙膏来孝敬它

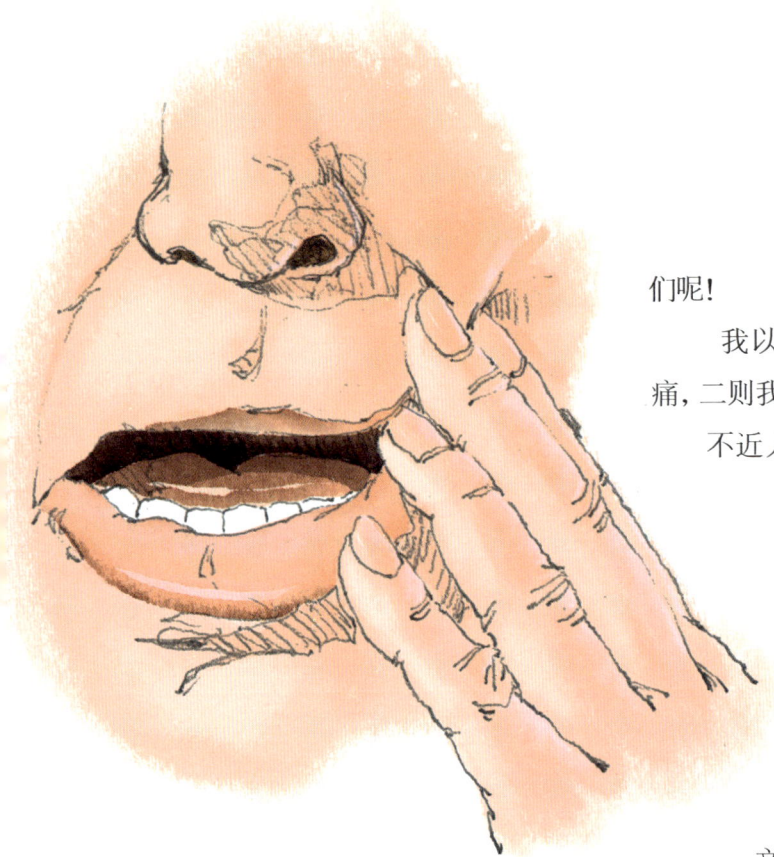

们呢!

我以前反对拔牙,一则怕痛,二则我认为此事违背天命,不近人情。现在回想,我那时真有文王之至德,宁可让商纣方命虐民,而不肯加以诛戮,直到最近,我受了易昭雪牙医师的一次劝告,文王忽然变了武王,毅然决然地兴兵伐纣,代天行道了。

而且这一次革命,顺利进行,迅速成功。武王伐纣要"血流标杵",而我的口中剿匪,不见血光,不觉苦痛,比武王高明得多呢。

饮水思源,我得感谢许钦文先生。秋初有一天,他来看我。他满口金牙,欣然地对我说:"我认识一位牙医生,就是易昭雪。我劝你也去请教一下。"那时我还有文王之德,不忍诛暴。便反问他:"装了究竟有什么好处呢?"他说:"夫妻从此不讨相骂了。"我不胜赞叹。并非羡慕夫妻不相骂,却是佩服许先生说话的幽默。幽默的功用真伟大,后来有一天,我居然自动地走进易医师的诊所里去,躺在他的椅子上了。经过他的检查和忠告之后,我恍然大悟,原来我口中的国土内,养了一大批官匪,若不把这批人物杀光,国家永远不得太平,民生永远不得幸福。我就下决心,马上任命易医师为口中剿匪总司令,次日立即向口中进攻。攻了十一天,连根拔起,满门抄斩,

全部贪官，从此肃清。我方不伤一兵一卒，全无苦痛，顺利成功。于是我再托易医师另行物色一批人才来。要个个方正，个个干练，个个为国效劳，为民服务。我口中的国土，从此可以天下太平了。

1947年冬于杭州

中国就像棵大树

丰子恺

　　得《见闻》第二期，读憾庐先生[1]所作《摧残不了的生命》，又看了文末所附照相版插图，心中有感，率尔捉笔，随记如下：

　　为的是我与憾庐先生有同样的所见，和同样的感想。春间在汉口，偶赴武昌乡间闲步，看见野中有一大树，被人斩伐过半，只剩一干。而春来干上怒抽枝条，绿叶成荫。新生的枝条长得异常的高，有几枝超过其他的大树的顶，仿佛为被斩去的"同根枝"争气复仇似的。我一看就注目，认为这是中华民国的象征。我徘徊不忍去，抚树干而盘桓。附近走来两个孩子，一男一女，似是姐弟。他们站在大树前，口说指点，似乎也在欣赏这中华民国的象征。我走近去同他们谈话。

　　我说："小朋友，这棵树好看么？"

　　小朋友们最初有些戒备，退了一步。这也许是我的胡须的关系，小孩子看见胡须大都有些怕的。但后来他们看见我的态度仁善，恐惧之心就打消了，那姐姐回答我说："很好看！"我们就谈话起来。

　　我说："你家住在什么地方？"

　　女孩说："就在那边，湖边上。这棵树是我们村子里某人家的。"

　　男孩说："我们门前有一株杨树，树枝剪光了，也会生出新的来。生得很多很多，比这棵树还要多。"

　　女孩说："我们那个桥边有一株松树，被人烧去了半株，只剩半株，也不会死。上面很多的枝条和叶子，把桥完全遮住。夏天我们常在桥上乘凉。"

　　我说："你们的村庄真好，有这许多大树！这些树真好，它们不怕灾难，受了伤害，自己能生出来补救。好比一个人被斩去了一只臂膊，能再生出一只来。"

　　女孩子抢着说："人斩了臂，也会生出来的？"

---

[1] 即林憾庐，林语堂的哥哥。

我说:"人不行,但国就可以。譬如现在,前线上许多兵士被日本鬼子打死了,我们后方能新生出更多的兵士来,上前线去继续抵抗。前线上死一百人,后方新生出一千人,反比本来多了。日本鬼子打中国,只见中国兵越打越多。他们终于打不过我们。现在我们虽然失了许多地方,但增了许多兵士,所以失去的地方将来一定可以收回。中国就好比这一棵树,虽被斩伐了许多枝条,但是新生出来的比原有的更多,将来成为比原来更大的大树。中国将来也能成为比原来更强的强国。"

女孩子说:"前回日本飞机在那江边丢炸弹,炸死了许多人。某甲的爸爸也被炸死。某甲同他的兄弟就去当兵,他们说要杀完了日本鬼子才回家来。"

男孩子也说:"某乙的妈妈也被炸死。某乙有一枝枪,很长的,他会打鸟。现在说不打鸟了,要拿这枪去打日本鬼子。"

我说:"你们这儿有这许多人去打日本鬼子,很好。别的地方的人也是这样。大家痛恨日本鬼子,大家愿意去当兵。所以中国的兵越打越多,正同这棵树的枝叶越斩越多一样。我们中国就像棵树。你们看看,像不像?"

两个孩子看看大树,都笑起来。男孩子忽然离开他的姐姐,跑到大树边,张开两臂抱住树干,仰起头来喊了些什么话。随即跟着他的姐姐去了。

我目送两孩去远了,告别大树,回到汉口的寓中,心有所感,就提起笔来把当日所见的情景用画记录。画好之后,先拿给一个少年看。少年看了,叫道:"唉!这棵树真奇怪,斩去了半株,怎么还会生出这许多枝叶来?"他再看一会,又说道:"对了!因为树大的缘故。树大了,根柢深,斩去一点不要紧。他能无限地生长出来,不久又是一棵大树了。"我接着说:"对了!我们中国就同这棵树一样。"少年听了这话频频点头,表示感动。随即问我要这幅画。我说没有题字,答允

他今晚题了字，明天送他。

　　晚上，我在这画上题了一首五言诗："大树被斩伐，生机并不绝。春来怒抽条，气象何蓬勃！"又另描了同样的一幅，当晚送给这位少年。过了几天我去看这少年，他已将画纳在镜框中，挂在书室里，并且告诉我说：他每逢在报上看到我军失利的消息，失地中日军虐杀同胞的消息，愤懑得透不过气来。这时候他就去看这幅画，可以得到一种慰藉和勉励。所以他很爱护这画，并且感谢我。我听了这番话，感动甚深。我赞佩这少年的天真的爱国热忱。他正是大树的一根新枝条。

　　因有这段故事，我读了《见闻》所载《摧残不了的生命》，看了文末的附图，颇思立刻飞到广州去，拉住了憾庐先生，对他说："我也有和你同样的所见和所感呢！"但没有实行，只是写了这些感想

寄给他。他把他所见的大树当作几方面的象征：（一）中华民族的生命，是永远摧残不了的。无论现在如何危难，他定要继续生存。（二）现在我们的民族的确已经在"自力更生"中了，而此后要更繁荣更有力地生活下去。（三）宇宙风社不受威胁，虽经广州的狂炸，依旧继续出刊。（四）《见闻》于狂炸中筹办创刊，正如新萌的芽儿。第一二两点，我所见与他全同。第三四两点，自然使我赞佩。但我所赞佩的不止于此。抗战中一切不屈不挠的精神的表现，例如粤汉路屡炸屡修，迅速通车，各种机关屡炸屡迁，照常办公，无数同胞家破人亡（出亡也），绝不消沉，越加努力抗日，都是我所赞佩的，都是大树所象征的。这大树真可说是今日的中国的全体的象征。

1938年

敬
礼

丰子恺

像吃药一般喝了一大碗早已吃厌的牛奶，又吞了一把围棋子似的、洋钮扣似的肺病特效药。早上的麻烦已经对付过去。儿女们都出门去办公或上课了，太太上街去了，劳动大姐在不知什么地方，屋子里很静。我独自关进书房里，坐在书桌前面。这是一天精神最好的时光。这是正好潜心工作的时光。

今天要译的一段原文，文章极好，译法甚难。但是昨天晚上预先看过，躺在床里预先计划过句子的构造，所以今天的工作并不很难，只要推敲各句里面的字眼，就可以使它变成中文。右手握着自来水笔，左手拿着香烟，书桌左角上并列着一杯茶和一只烟灰缸。眼睛看着笔端，热中于工作，左手常常误把香烟灰敲落在茶杯里，幸而没有把烟灰缸当作茶杯拿起来喝。茶里加了香烟灰，味道有些特别，然而并不讨厌。

译文告一段落，我放下自来水笔，坐在椅子里伸一伸腰。眼梢头觉得桌子上右手所靠的地方有一件小东西在那里蠢动。仔细一看，原来是一个受了伤的蚂蚁：它的脚已经不会走路，然而躯干无伤，有时翘起头来，有时翻转肚子来，有时鼓动着受伤的脚，企图爬走，然而一步一蹶，终于倒下来，全身乱抖，仿佛在绝望中挣扎。啊，这一定是我闯的祸！我热中于工作的时候，没有顾到右臂底下的蚂蚁。我写完了一行字，迅速把笔移向第二行上端的时候，手臂像汽车一样突进，然而桌子上没有红绿灯和横道线，因此就把这蚂蚁碾伤了。它没有拉我去吃警察官司，然而我很对不起它，又没有办法送它进医院去救治，奈何，奈何！

然而反复一想，这不能完全怪我。谁教它走到我的工场里来，被机器碾伤呢？它应该怪它自己，我恕不负责。不过，一个不死不活的生物躺在我眼睛面前，心情实在非常不快。我想起了昨天所译的一段文章："假定有百苦交加而不得其死的人；在没有生的价值的本人自不必说，在旁边看护他的亲人恐怕也会觉得杀了他反而慈悲吧。"（见夏目漱石著《旅宿》）我想：我伸出一根手指去，把这百苦交加而不得其死的蚂蚁一下子捻死，让它脱了苦，不是慈悲吗？然而我又想起了某医生的话：延长寿命，是医生的天职。又想起故乡的一句俗语："好死勿抵恶活。"我就不肯行此慈悲。况且，这蚂蚁虽然受伤，还在顽强地挣扎，足见它只是局部残废，全体的生活力还很旺盛，用指头去捻死它，怎么使得下手呢？犹豫不决，耽搁了我的工作。最后决定：我只当不见，只当没有这回事。我把稿纸移向左些，管自继续做我的翻译工作。让这个自作孽的蚂蚁在我的桌子上挣扎，不管我事。

　　翻译工作到底重大，一个蚂蚁的性命到底藐小；我重新热中于工作之后，竟把这事件完全忘记了。我用心推敲，频频涂改，仔细地查字典，又不断地抽香烟。忙了一大阵之后，工作又告一段落，又是放下自来水笔，坐在椅子里伸一伸腰。眼梢头又觉得桌子右角上离开我两尺光景

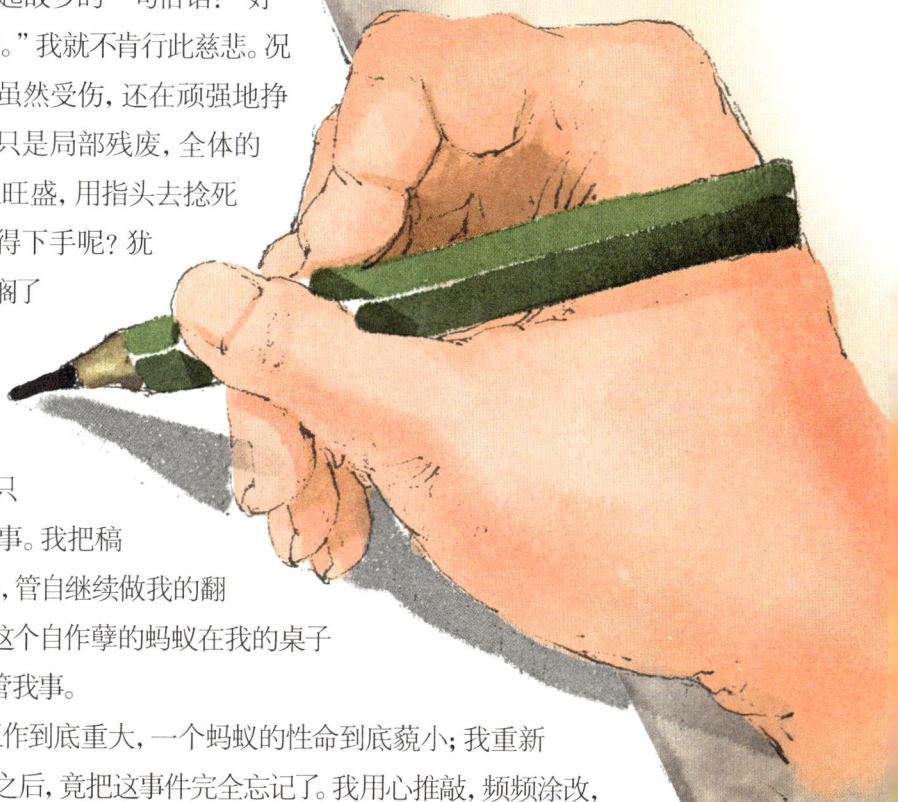

的地方有一件小东西在那里蠢动。望去似乎比蚂蚁大些，并且正在慢慢地不断地移动，移向桌子所靠着的窗下的墙壁方面去。我凑近去仔细察看。啊哟，不看则已，看了大吃一惊！原来是两个蚂蚁，一个就是那受伤者，另一个是救伤者，正在衔住了受伤者的身体而用力把他（排字同志注意，以后不用它字了）拖向墙壁方面去。然而这救伤者的身体不比受伤者大，他衔着和自己同样大小的一个受伤者而跑路，显然很吃力，所以常常停下来休息。有时衔住了他的肩部而走路，走了几步停下来，回过身去衔住了他的一只脚而走路；走了几步又停下来，衔住了另一只脚而继续前进。停下来的时候，两人碰一碰头，仿佛谈几句话。也许是受伤者告诉他这只脚痛，要他衔另一只脚；也许是救伤者问他伤势如何，拖得动否。受伤者有一两只脚伤势不重，还能在桌上支撑着前进，显然是体谅救伤者太吃力，所以勉力自动，以求减轻他的负担。因为这样艰难，所以他们进行的速度很缓，直到现在还离开墙壁半尺之远。这个救伤者以前我并没有看到。想来是我埋头于翻译的期间，他跑出来找寻同伴，发见这个同伴受了伤躺在桌子上，就不惜劳力，不辞艰苦，不顾冒险，拼命地扶他回家去疗养。这样藐小的动物，而有这样深挚的友爱之情、这样慷慨的牺牲精神、这样伟大的互助精神，真使我大吃一惊！同时想起了我刚才看不起他，想捻死他，不理睬他，又觉得非常抱歉，非常惭愧！

鲁迅先生曾经看见一个黄包车夫的身体大起来。我现在也是如此：忽然看见桌子角上这两个蚂蚁大起来，大起来，大得同山一样，终于充塞于天地之间，高不可仰了。同时又觉得我自己的身体小起来，小起来，终于小得同蚂蚁一样了。我站起身来，向着这两个蚂蚁立正，举起右手，行一个敬礼。

1956年12月13日于上海作

吃瓜子

丰子恺

从前听人说:中国人人人具有三种博士的资格:拿筷子博士,吹煤头纸博士,吃瓜子博士。

拿筷子,吹煤头纸,吃瓜子,的确是中国人独得的技术。其纯熟深造,想起了可以使人吃惊。这里精通拿筷子法的人,有了一双筷,可抵刀锯叉瓢一切器具之用,爬罗剔抉,无所不精。这两根毛竹仿佛是身体上的一部分,手指的延长,或者一对取食的触手。用时好像变戏法者的一种演技,熟能生巧,巧极通神。不必说西洋了,就是我们自己看了,也可惊叹。至于精通吹煤头纸法的人,首推几位一天到晚捧水烟筒的老先生和老太太。他们的"要有火"比上帝还容易,只消向煤头纸上轻轻一吹,火便来了。他们不必出数元乃至数十元的代价去买打火机,只要有一张纸,便可临时在膝上卷起煤头纸来,向铜火炉盖的小孔内一插,拔出来一吹,火便来了。我小时候看见我们染坊店里的管帐先生,有种种吹煤头纸的特技。我把煤头纸高举在他的额旁边了,他会把下唇伸出来,使风向上吹;我把煤头纸放在他的胸前了,他会把上唇伸出来,使风向下吹;我把煤头纸放在他的耳旁了,他会把嘴歪转来,使风向左右吹;我用手按住了他的嘴,他会用鼻孔吹,都是吹一两下就着火的。中国人对于吹煤头纸技术造诣之深,于此可以窥见。所可惜者,自从卷烟和火柴输入中国而盛行之后,水烟这种"国烟"竟被冷落,吹煤头纸这种"国技"也很不发达了。生长在都会里的小孩子,有的竟不会吹,或者连煤头纸这东西也不曾见过。在努力保存国粹的人看来,这也是一种可虑的现象。近来国内有不少人努力于国粹保存。国医、国药、国术、国乐,都有人在那里提倡。也许水烟和煤头纸这种国粹,将来也有人起来提倡,使之复兴。

但我以为这三种技术中最进步最发达的,要算吃瓜子。近来瓜子大王的畅销,便是其老大的证据。据关心此事的人说,瓜子大王一类的装纸袋的瓜子,最近市上流行的有许多牌子。最初是某大药

房"用科学方法"创制的，后来有什么"好吃来公司"、"顶好吃公司"……等种种出品陆续产出。到现在差不多无论哪个穷乡僻处的糖食摊上，都有纸袋装的瓜子陈列而倾销着了。现代中国人的精通吃瓜子术，由此盖可想见。我对于此道，一向非常短拙，说出来有伤于中国人的体面，但对自家人不妨谈谈。我从来不曾自动地找求或买瓜子来吃。但到人家作客，受人劝诱时；或者在酒席上、杭州的茶楼上，看见桌上现成放着瓜子盆时，也便拿起来咬。我必须注意选择，选那较大，较厚，而形状平整的瓜子，放进口里，用臼齿"格"地一咬，再吐出来，用手指去剥。幸而咬得恰好，两瓣瓜子壳各向两旁扩张而破裂，瓜仁没有咬碎，剥起来就较为省力。若用力不得其法，两瓣瓜子壳和瓜仁叠在一起而折断了，吐出来的时候我就担忧。那瓜子已纵断为两半，两半瓣的瓜仁紧紧地装塞在两半瓣的瓜子壳中，好像日本版的洋装书，套在很紧的厚纸函中，不容易取它出来。这种洋装书的取出法，现在都已从日本人那里学得，不要把指头塞进厚纸函中去力挖，只要使函口向下，两手扶着函，上下振动数次，洋装书自会脱壳而出。然而半瓣瓜子的形状太小了，不能应用这个方法，我只得用指爪细细地剥取。有时因为练习弹琴，两手的指爪都剪平，和尚头一般的手指对它简直毫无办法。我只得乘人不见把它抛弃了。在痛感困难的时候，我本拟不再吃瓜子了。但抛弃了之后，觉得口中有一种非甜非咸的香味，会引逗我再吃。我便不由地伸起手来，另选一粒，再送交臼齿去咬。不幸而这瓜子太燥，我的用力又太猛，"格"地一响，玉石不分，咬成了无数的碎块，事体就更糟了。我只得把粘着唾液的碎块尽行吐出在手心里，用心挑选，剔去壳的碎块，然后用舌尖舐食瓜仁的碎块。然而这挑选颇不容易，因为壳的碎块的一面也是白色的，与瓜仁无异，我误认为全是瓜仁而舐进口中去嚼，其味虽非嚼蜡，却等于嚼砂。壳的碎片紧紧地嵌进牙齿缝里，找不到牙签就无法取出。碰到这种钉子的时候，我就下个决心，从此戒绝瓜子。戒绝之法，大抵

是喝一口茶来漱一漱口,点起一支香烟,或者把瓜子盆推开些,把身体换个方向坐了,以示不再对它发生关系。然而过了几分钟,与别人谈了几句话,不知不觉之间,会跟了别人而伸手向盆中摸瓜子来咬。等到自己觉察破戒的时候,往往是已经咬过好几粒了。这样,吃了非戒不可,戒了非吃不可;吃而复戒,戒而复吃,我为它受尽苦痛。这使我现在想起了瓜子觉得害怕。

但我看别人,精通此技的很多。我以为中国人的三种博士才能中,咬瓜子的才能最可叹佩。常见闲散的少爷们,一只手指间夹着一支香烟,一只手握着一把瓜子,且吸且咬,且咬且吃,且吃且谈,且谈且笑。从容自由,真是"交关写意!"他们不须拣选瓜子,也不须用手指去剥。一粒瓜子塞进了口里,只消"格"地一咬,"呸"地一吐,早已把所有的壳吐出,而在那里嚼食瓜子的肉了。那嘴巴真像一具

精巧灵敏的机器，不绝地塞进瓜子去，不绝地"格"，"呸"，"格"，"呸"……全不费力，可以永无罢休。女人们、小姐们的咬瓜子，态度尤加来得美妙：她们用兰花似的手指摘住瓜子的圆端，把瓜子垂直地塞在门牙中间，而用门牙去咬它的尖端。"的，的"两响，两瓣壳的尖头便向左右绽裂。然后那手敏捷地转个方向，同时头也帮着了微微地一侧，使瓜子水平地放在门牙口，用上下两门牙把两瓣壳分别拨开，咬住了瓜子肉的尖端而抽它出来吃。这吃法不但"的，的"的声音清脆可听，那手和头的转侧的姿势窈窕得很，有些儿妩媚动人，连丢去的瓜子壳也模样姣好，有如朵朵兰花。由此看来，咬瓜子是中国少爷们的专长，而尤其是中国小姐、太太们的拿手戏。

在酒席上、茶楼上，我看见过无数咬瓜子的圣手。近来瓜子大王畅销，我国的小孩子们也都学会了咬瓜子的绝技。我的技术，在国内不如小孩子们远甚，只能在外国人面前占胜。记得从前我在赴横滨的轮船中，与一个日本人同舱。偶检行箧，发见亲友所赠的一罐瓜子。旅途寂寥，我就打开来和日本人共吃。这是他平生没有吃过的东西，他觉得非常珍奇。在这时候，我便老实不客气地装出内行的模样，把吃法教导他，并且示范地吃给他看。托祖国的福，这示范没有失败。但看那日本人的练习，真是可怜得很！他如法将瓜子塞进口中，"格"地一咬，然而咬时不得其法，将唾液把瓜子的外壳全部浸湿，拿在手里剥的时候，滑来滑去，无从下手，终于滑落在地上，无处寻找了。他空咽一口唾液，再选一粒来咬。这回他剥时非常小心，把咬碎了的瓜子陈列在舱中的食桌上，俯伏了头，细细地剥，好像修理钟表的样子。约莫一二分钟之后，好容易剥得了些瓜仁的碎片，郑重地塞进口里去吃。我问他滋味如何，他点点头连称umai,umai!（好吃，好吃！）我不禁笑了出来。我看他那阔大的嘴里放进一些瓜仁的碎屑，犹如沧海中投以一粟，亏他辨出umai的滋味来。但我的笑不仅为这点滑稽，半由于骄矜自夸的心理。我想，这毕

竟是中国人独得的技术，像我这样对于此道最拙劣的人，也能在外国人面前占胜，何况国内无数精通此道的少爷、小姐们呢？

发明吃瓜子的人，真是一个了不起的天才！这是一种最有效的"消闲"法。要"消磨岁月"，除了抽鸦片以外，没有比吃瓜子更好的方法了。其所以最有效者，为了它具备三个条件：一、吃不厌；二、吃不饱；三、要剥壳。

俗语形容瓜子吃不厌，叫做"勿完勿歇"。为了它有一种非甜非咸的香味，能引逗人不断地要吃。想再吃一粒不吃了，但是嚼完吞下之后，口中余香不绝，不由你不再伸手向盆中或纸包里去摸。我们吃东西，凡一味甜的，或一味咸的，往往易于吃厌。只有非甜非咸的，可以久吃不厌。瓜子的百吃不厌，便是为此。有一位老于应酬的朋友告诉我一段吃瓜子的趣话：说他已养成了见瓜子就吃的习惯。有一次同了朋友到戏馆里看戏，坐定之后，看见茶壶的旁边放着一包打开的瓜子，便随手向包里掏取几粒，一面咬着，一面看戏。咬完了再取，取了再咬。如是数次，发见邻席的不相识的观剧者也来掏取，方才想起了这包瓜子的所有权。低声问他的朋友："这包瓜子是你买来的吗？"那朋友说"不"，他才知道刚才是擅吃了人家的东西，便向邻座的人道歉。邻座的人很漂亮，付之一笑，索性正式地把瓜子请客了。由此可知瓜子这样东西，对中国人有非常的吸引力，不管三七二十一，见了瓜子就吃。

俗语形容瓜子吃不饱，叫做"吃三日三夜，长个屎尖头。"因为这东西分量微小，无论如何也吃不饱，连吃三日三夜，也不过多排泄一粒屎尖头。为消闲计，这是很重要的一个条件。倘分量大了，一吃就饱，时间就无法消磨。这与赈饥的粮食，目的完全相反。赈饥的粮食求其吃得饱，消闲的粮食求其吃不饱。最好只尝滋味而不吞物质。最好越吃越饿，像罗马亡国之前所流行的"吐剂"一样，则开筵大嚼。醉饱之后，咬一下瓜子可以再来开筵大嚼。一直把时

间消磨下去。

　　要剥壳也是消闲食品的一个必要条件。倘没有壳，吃起来太便当，容易饱，时间就不能多多消磨了。一定要剥，而且剥的技术要有声有色，使它不像一种苦工，而像一种游戏，方才适合于有闲阶级的生活，可让他们愉快地把时间消磨下去。

　　具足以上三个利于消磨时间的条件的，在世间一切食物之中，想来想去，只有瓜子。所以我说发明吃瓜子的人是了不起的天才。而能尽量地享用瓜子的中国人，在消闲一道上，真是了不起的积极的实行家！试看糖食店、南货店里的瓜子的畅销，试看茶楼、酒店、家庭中满地的瓜子壳，便可想见中国人在"格，呸"、"的，的"的声音中消磨去的时间，每年统计起来为数一定可惊。将来此道发展起来，恐怕是全中国也可消灭在"格，呸"、"的，的"的声音中呢。

　　我本来见瓜子害怕，写到这里，觉得更加害怕了。

1934年4月20日

手
指

丰子恺

我们每个人，都随时随地随身带着十根手指，永不离身。一只手上的五根手指，各有不同的姿态，各具不同的性格，各有所长，各有所短。

大拇指在五指中，形状实在算不上美。身材矮而胖，头大而肥，构造简单，人家有两个关节，他只有一个。但在五指中，却是最肯吃苦的。例如拉胡琴，总由其他四指按弦，却由他相帮扶住琴身；水要喷出来，叫他力死抵住；血要流出来，叫他拼命按住；重东西翻倒去，叫他用劲扳住。讨好生活的事，却轮不上他。例如招呼人，都由其他四指上前点头，他只能呆呆站在一旁。给人搔痒，人舒服后，感谢的是其他四指。

常与大拇指合作的是食指。他的姿态可不如其他三指窈窕，都是直直落落的强硬的曲线。他的工作虽不如大拇指吃力，却比大拇指复杂。拿笔的时候，全靠他推动笔杆；遇到危险的事，都要由他去试探或冒险；秽物、毒物、烈物，他接触的机会最多；刀伤、烫伤、轧伤、咬伤，他消受的机会最多。他具有大拇指所没有的"机敏"，打电话、扳枪机必须请他，打算盘、拧螺丝、解纽扣等，虽有在拇指相助，终是以他为主。

五指中地位最优、相貌最堂皇的，无如中指。他居于中央，左右都有屏障，他身高最高，无名指、食指贴身左右，像关公左右的关平、周仓，一文一武，片刻不离。他永远不受外物冲撞，所以曲线优美，处处显示着养尊处优。每逢做事，名义上他是参加的，实际并不出力。他因为身体啊长，取物时，往往最先碰到物，好像取得这物是他一人的功劳，其实他碰到之后就退在一旁，让大拇指、食指去出力，他只是在旁略为扶衬而已。

无名指和小指，体态秀丽，样子可爱，然而，能力薄弱也无过于他们了。无名指本身的用处多用于研脂粉、蘸药末、戴戒指。小指的用处则更渺小，只是掏掏耳朵、抹抹鼻涕而已。他们也有被重用的

时候, 在丝竹管弦上, 他们的能力不让于其他手指。舞蹈演员的手
指不是常作兰花状吗? 这两根手指正是这朵兰花中最优美的两瓣。
除了这等享乐的风光事以外, 遇到工作只是其他手指的附庸。

　　手上的五指, 我只觉得姿态与性格, 有如上的差异, 却无爱憎
在其中。手指的全体, 同人群的全体一样, 五根手指如果能团结一
致, 成为一个拳头, 那就根根有用, 根根有力量, 不再有什么强弱、
美丑之分了。

大帳蓬

丰子恺

　　我幼年时，有一次坐了船到乡间去扫墓。正靠在船窗口出神观看船脚边层出不穷的波浪的时候，手中拿着的不倒翁失足翻落河中。我眼看它跃入波浪中，向船尾方面滚腾而去，一刹那间形影俱杳，全部交付与不可知的渺茫的世界了。我看看自己的空手，又看看窗下的层出不穷的波浪，不倒翁失足的伤心地，再向船后面的茫茫白水怅望了一会，心中黯然地起了疑惑与悲哀。我疑惑不倒翁此去的下落与结果究竟如何，又悲哀这永远不可知的命运。它也许随了波浪流去，搁住在岸滩上，落入于某村童的手中；也许被渔网打去，从此做了渔船上的不倒翁；又或永远沉沦在幽暗的河底，岁久化为泥土，世间从此不再见这个不倒翁。我晓得这不倒翁现在一定有个下落，将来也一定有个结果，然而谁能去调查呢？谁能知道这不可知的命运呢？这种疑惑与悲哀隐约地在我心头推移。终于我想：父亲或者知道这究竟，能解除我这种疑惑与悲哀。不然，将来我年纪长大起来，总有一天能知道这究竟，能解除这疑惑与悲哀。

　　后来我的年纪果然长大起来。然而这种疑惑与悲哀，非但依旧不能解除，反而随了年纪的长大而增多增深了。我借了小学校里的同学赴郊外散步，偶然折取一根树枝，当手杖用了一会，后来抛弃在田间的时候，总要对它回顾好几次，心中自问自答："我不知几时得再见它？它此后的结果不知究竟如何？我永远不得再见它了！它的后事永远不可知了！"倘是独自散步，遇到这种事的时候我更要依依不舍地留连一会。有时已经走了几步，又回转身去，把所抛弃的东西重新拾起来，郑重地道个诀别，然后硬着头皮抛弃它，再向前走。过后我也曾自笑这痴态，而且明明晓得这些是人生中惜不胜惜的琐事；然而那种悲哀与疑惑确实地充塞在我的心头，使我不得不然！

　　在热闹的地方，忙碌的时候，我这种疑惑与悲哀也会被压抑在心的底层，而安然地支配取舍各种事物，不复作如前的痴态。间或在动作中偶然浮起一点疑惑与悲哀来；然而大众的感化与现实的压

迫的力非常伟大, 立刻把它压制下去, 它只在我的心头一闪而已。一到静僻的地方, 孤独的时候, 最是夜间, 它们又全部浮出在我的心头了。灯下, 我推开算术演草簿, 提起笔来在一张废纸上信手涂写日间所谙诵的诗句: "春蚕到死丝方尽, 蜡炬成灰……" 没有写完, 就拿向灯火上, 烧着了纸的一角。我眼看见火势孜孜地蔓延过来, 心中又忙着和个个字道别。完全变成了灰烬之后, 我眼前忽然分明现出那张字纸的完全的原形; 俯视地上的灰烬, 又感到了暗淡的悲哀: 假定现在我要再见一见一分钟以前分明存在的那张字纸, 无论托绅董、县官、省长、大总统, 仗世界一切皇帝的势力, 或尧舜、孔子、苏格拉底、基督等一切古代圣哲复生, 大家协力帮我设法, 也是绝对不可能的事了! —— 但这种奢望我决计没有。我只是看看那堆灰烬, 想在没有区别的微尘中认识各个字的死骸, 找出哪一点是春字的灰, 哪一点是蚕字的灰。……又想象它明天朝晨被此地的仆人扫除出去, 不知结果如何: 倘然散入风中, 不知它将分飞何处? 春字的灰飞入谁家, 蚕字的灰飞入谁家? ……倘然混入泥土中, 不知它将滋养哪几株植物? ……都是渺茫不可知的千古的大疑问了。

吃饭的时候, 一颗饭粒从碗中翻落在我的衣襟上。我顾视这颗饭粒, 不想则已, 一想又惹起一大篇的疑惑与悲哀来: 不知哪一天哪一个农夫在哪一处田里种下一批稻, 就中有一株稻穗上结着煮成这颗饭粒的谷。这粒谷又不知经过了谁的刈、谁的磨、谁的舂、谁的桑, 而到了我们的家里, 现在煮成饭粒, 而落在我的衣襟上。这种疑问都可以有确实的答案; 然而除了这颗饭粒自己晓得以外, 世间没有一个人能调查, 回答。

袋里摸出来一把铜板, 分明个个有复杂而悠长的历史。钞票与银洋经过人手, 有时还被打一个印; 但铜板的经历完全没有痕迹可寻。它们之中, 有的曾为街头的乞丐的哀愿的目的物, 有的曾为劳动者的血汗的代价, 有的曾经换得一碗粥, 救济一个饿夫的饥肠, 有的

曾经变成一粒糖,塞住一个小孩的啼哭,有的曾经参与在盗贼的赃物中,有的曾经安眠在富翁的大腹边,有的曾经安闲地隐居在毛厕的底里,有的曾经忙碌地兼备上述的一切的经历。且就中又有的恐怕不是初次到我的袋中,也未可知。这些铜板倘会说话,我一定要尊它们为上客,恭听它们历述其漫游的故事。倘然它们会纪录,一定每个铜板可著一册比《鲁滨逊飘流记》更奇离的奇书。但它们都像死也不肯招供的犯人,其心中分明秘藏着案件的是非曲直的实情,然而死也不肯泄漏它们的秘密。

现在我已行年三十,做了半世的人。那种疑惑与悲哀在我胸中,分量日渐增多;但刺激日渐淡薄,远不及少年时代以前的新鲜而浓烈了。这是我用功的结果。因为我参考大众的态度,看他们似乎全然不想起这类的事,饭吃在肚里,钱进入袋里,就天下太平,梦也

不做一个。这在生活上的确大有实益，我就拼命以大众为师，学习他们的幸福。学到现在三十岁，还没有毕业。所学得的，只是那种疑惑与悲哀的刺激淡薄了一点，然其分量仍是跟了我的经历而日渐增多。我每逢辞去一个旅馆，无论其房间何等坏，臭虫何等多，临去的时候总要低徊一下子，想起"我有否再住这房间的一日？"又慨叹"这是永远的诀别了！"每逢下火车，无论这旅行何等劳苦，邻座的人何等可厌，临走的时候总要发生一种特殊的感想："我有否再和这人同座的一日？恐怕是对他永诀了！"但这等感想的出现非常短促而又模糊，像飞鸟的黑影在池上掠过一般，真不过数秒间在我心头一闪，过后就全无其事。我究竟已有了学习的功夫了。然而这也全靠在老师——大众——面前，方始可能。一旦不见了老师，而离群索居的时候，我的故态依然复萌。现在正是其时：春风从窗中送进一片白桃花的花瓣来，落在我的原稿纸上。这分明是从我家的院子里的白桃花树上吹下来的，然而有谁知道它本来生在哪一枝头的哪一朵花上呢？窗前地上白雪一般的无数的花瓣，分明各有其故枝与故萼，谁能一一调查其出处，使它们重归其故萼呢？疑惑与悲哀又来袭击我的心了。

总之，我从幼时直到现在，那种疑惑与悲哀不绝地袭击我的心，始终不能解除。我的年纪越大，知识越富，它的袭击的力也越大。大众的榜样的压迫愈严，它的反动也越强。倘一一记述我三十年来所经验的此种疑惑与悲哀的事例，其卷帙一定可同《四库全书》《大藏经》争多。然而也只限于我一个人在三十年的短时间中的经验；较之宇宙之大，世界之广，物类之繁，事变之多，我所经验的真不啻恒河中的一粒细沙。

我仿佛看见一册极大的大帐簿，簿中详细记载着宇宙间世界上一切物类事变的过去、现在、未来三世的因因果果。自原子之细以至天体之巨，自微生虫的行动以至混沌的大劫，无不详细记载其来

由、经过与结果,没有万一的遗漏。于是我从来的疑惑与悲哀,都可解除了。不倒翁的下落,手杖的结果,灰烬的去处,一一都有记录;饭粒与铜板的来历,一一都可查究;旅馆与火车对我的因缘,早已注定在项下;片片白桃花瓣的故萼,都确凿可考。连我所屡次叹为永不可知的、院子里的沙堆的沙粒的数目,也确实地记载着,下面又注明哪几粒沙是我昨天曾经用手掬起来看过的。倘要从沙堆中选出我昨天曾经掬起来看过的沙,也不难按这帐簿而探索。——凡我在三十年中所见、所闻、所为的一切事物,都有极详细的记载与考证;其所占的地位只有书页的一角,全书的无穷大分之一。

我确信宇宙间一定有这册大帐簿。于是我的疑惑与悲哀全部解除了。

1929年清明过了写于石湾

陋
巷

丰
子
恺

杭州的小街道都称为巷。这名称是我们故乡所没有的。我幼时初到杭州，对于这巷字颇注意。我以前在书上读到颜子"居陋巷，一箪食，一瓢饮"的时候，常疑所谓"陋巷"，不知是甚样的去处。想来大约是一条坍圮、龌龊而狭小的弄，为灵气所钟而居了颜子的。我们故乡尽不乏坍圮、龌龊、狭小的弄，但都不能使我想象做陋巷。及到了杭州，看见了巷的名称，才在想象中确定颜子所居的地方，大约是这种巷里。每逢走过这种巷，我常怀疑那颓垣破壁的里面，也许隐居着今世的颜子。就中有一条巷，是我所认为陋巷的代表的。只要说起陋巷两字，我脑中会立刻浮出这巷的光景来。其实我只到过这陋巷里三次，不过这三次的印象都很清楚，现在都写得出来。

第一次我到这陋巷里，是将近二十年前的事。那时我只十七八岁，正在杭州的师范学校里读书。我的艺术科教师L先生[①]似乎嫌艺术的力道薄弱，过不来他的精神生活的瘾，把图画音乐的书籍用具送给我们，自己到山里去断了十七天食，回来又研究佛法，预备出家了。在出家前的某日，他带了我到这陋巷里去访问M先生[②]。我跟着L先生走进这陋巷中的一间老屋，就看见一位身材矮胖而满面须髯的中年男子从里面走出来应接我们。我被介绍，向这位先生一鞠躬，就坐在一只椅子上听他们的谈话。我其实全然听不懂他们的话，只是断片地听到什么"楞严"、"圆觉"等名词，又有一个英语"philosophy"(哲学)出现在他们的谈话中。这英语是我当时新近记诵的，听到时怪有兴味。可是话的全体的意义我都不解。这一半是因为L先生打着天津白，M先生则叫工人倒茶的时候说纯粹的绍兴土白，面对我们谈话时也作北腔的方言，在我都不能完全通用。当时我想，你若肯把我当作倒茶的工人，我也许还能听得懂些。但这话不好对他说，我只得假装静听的样子坐着，其实我在那里偷看这位初见的M先生的状貌。他的

---

①L先生：指李叔同先生。
②M先生：指马一浮先生。

头圆而大，脑部特别丰隆，假如身体不是这样矮胖，一定负载不起。他的眼不像L先生的眼地纤细，圆大而炯炯发光，上眼帘弯成一条坚致有力的弧线，切着下面的深黑的瞳子。他的须髯从左耳根缘着脸孔一直挂到右耳根，颜色与眼瞳一样深黑。我当时正热中于木炭画，我觉得他的肖像宜用木炭描写，但那坚致有力的眼线，是我的木炭所描不出的。我正在这样观察的时候，他的谈话中突然发出哈哈的笑声。我惊奇他的笑声响亮而愉快，同他的话声全然不接，好像是两个人的声音。他一面笑，一面用炯炯发光的眼黑顾视到我。我正在对他作绘画的及音乐的观察，全然没有知道可笑的理由，但因假装着静听的样子，不能漠然不动；又不好意思问他"你有什么好笑"而请他重说一遍，只得再假装领会的样子，强颜作笑。他们当然不会考问我领会到如何程度，但我自己问心，很是惭愧。我惭愧我的装腔作笑，又痛恨自己何以听不懂他们的话。他们的话愈谈愈长，M先生的笑声愈多愈响，同时我的愧恨也愈积愈深。从进来到辞去，一向做个怀着愧恨的傀儡，冤枉地被带到这陋巷中的老屋里来摆了几个钟头。

第二次我到这陋巷，在于前年，是做傀儡之后十六年的事了。这十六七年之间，我东奔西走地糊口于四方，多了妻室和一群子女，少了一个母亲；M先生则十余年如一日，长是孑然一身地隐居在这陋巷的老屋里。我第二次见他，是前年的清明日，我是代L先生送两块印石而去的。我看见陋巷照旧是我所想象的颜子的居处，那老屋也照旧古色苍然。M先生的音容和十余年前一样，坚致有力的眼帘，炯炯发光的黑瞳，和响亮而愉快的谈笑声。但是听这谈笑声的我，与前大异了。我对于他的话，方言不成问题，意思也完全懂得了。像上次做傀儡的苦痛，这回已经没有，可是另感到一种更深的苦痛：我那时初失母亲——从我孩提时兼了父职抚育我到成人，而我未曾有涓埃的报答的母亲，痛恨之极，心中充满了对于无常的悲愤和疑惑。自己没有解除这悲和疑的能力，便堕入了颓唐的状态。我只想

跟着孩子们到山巅水滨去picnic(郊游)，以暂时忘却我的苦痛，而独怕听接触人生根本问题的话。我是明知故犯地堕落了。但我的堕落在我所处的社会环境中颇能隐藏。因为我每天还为了糊口而读几页书，写几小时的稿，长年除荤戒酒，不看戏，又不赌博，所有的嗜好只是每天吸半听美丽牌香烟，吃些糖果，买些玩具同孩子们弄弄。在我所处的社会环境中的人看来，这样的人非但不堕落，着实是有淘剩①的。但M先生的严肃的人生，显明地衬出了我的堕落。他和我谈起我所作而他所序的《护生画集》，勉励我；知道我抱着风木之悲，又为我解说无常，劝慰我。其实我不须听他的话，只要望见他的颜色，已觉着愧得无地自容了。我心中似有一团"剪不断，理还乱"的丝，因为解不清楚，用纸包好了藏着。M先生的态度和说话，着力地在那里发开我这纸包来。我在他面前渐感局促不安，坐了约一小时就告辞。当他送我出门的时候，我感到与十余年前在这里做了几小时傀儡而解放出来时同样愉快的心情。我走出那陋巷，看见街角上停着一辆黄包车，便不问价钱，跨了上去。仰看天色晴明，决定先到采芝斋买些糖果，带了到六和塔去度送这清明日。但当我晚上拖了疲倦的肢体而回到旅馆的时候，想起上午所访问的主人，热烈地感到畏敬的亲爱。我准拟明天再去访他，把心中的纸包打开来给他看。但到了明朝，我的心又全被西湖的春色所占据了。

第三次我到这陋巷，是最近一星期前的事。这回是我自动去访问的。M先生照旧孑然一身地隐居在那陋巷的老屋里，两眼照旧描着坚致有力的线而炯炯发光，谈笑声照旧愉快。只是使我惊奇的，他的深黑的须髯已变成银灰色，渐近白色了。我心中浮出"白发不能容宰相，也同闲客满头生"之句，同时又悔不早些常来亲近他，而自恨三年来的生活的堕落。现在我的母亲已死了三年多了，我的

---

①淘剩：作者家乡话，意即出息。

心似已屈服于"无常"，不复如前之悲愤，同时我的生活也就从颓唐中爬起来，想对"无常"作长期的抵抗了。我在古人诗词中读到"笙歌归院落，灯火下楼台"，"六朝旧时明月，清夜满秦淮"，"白头宫女在，闲坐说玄宗"等咏叹无常的文句，不肯放过，给它们翻译为画。以前曾寄两幅给M先生，近来想多集些文句来描画，预备作一册《无常画集》。我就把这点意思告诉他，并请他指教。他欣然地指示我许多可找这种题材的佛经和诗文集，又背诵了许多佳句给我听。最后他翻然地说道："无常就是常。无常容易画，常不容易画。"我好久没有听见这样的话了，怪不得生活异常苦闷。他这话把我从无常的火宅中救出，使我感到无限的清凉。当时我想，我画了《无常画集》之后，要再画一册《常画集》。《常画集》不须请他作序，因为自始至终每页都是空白的。这一天我走出那陋巷，已是傍晚时候。岁暮的景象和雨雪充塞了道路。我独自在路上彷徨，回想前年不问价钱跨上黄包车那一回，又回想二十年前作了几小时傀儡而解放出来那一会，似觉身在梦中。

1933年1月15日于石门湾

湖畔夜饮

丰子恺

前天晚上，四位来西湖游春的朋友，在我的湖畔小屋里饮酒。酒阑人散，皓月当空，湖水如镜，花影满堤。我送客出门，舍不得这湖上的春月，也向湖畔散步去了。柳荫下一条石凳，空着等我去坐。我就坐了，想起小时在学校里唱的春月歌："春夜有明月，都作欢喜相。每当灯火中，团团清辉上。人月交相庆，花月并生光。有酒不得饮，举杯献高堂。"觉得这歌词温柔敦厚，可爱得很！又念现在的小学生，唱的歌粗浅俚鄙，没有福分唱这样的好歌，可惜得很！回味那歌的最后两句，觉得我高堂俱亡，虽有美酒，无处可献，又感伤得很！三个"得很"，逼得我立起身来，缓步回家。不然，恐怕把老泪掉在湖堤上，要被月魄花灵所笑了。

回进家门，家中人说，我送客出门之后，有一上海客人来访，其人名叫CT[①]，住在葛岭饭店。家中人告诉他，我在湖畔看月，他就向湖畔去找我了。这是半小时以前的事，此刻时钟已指十时半。我想，CT找我不到，一定已经回旅馆去歇息了。当夜我就不去找他，管自睡觉。第二天早晨，我到葛岭饭店去找他，他已经出门，茶役正在打扫他的房间。我留了一张名片，请他正午或晚上来我家共饮。正午，他没有来。晚上，他又没有来。料想他这上海人难得到杭州来，一见西湖，就整日寻花问柳，不回旅馆，没有看见我留在旅馆里的名片，我就独酌，照例倾尽一斤。

黄昏八点钟，我正在酩酊之余，CT来了。阔别十年，身经浩劫，他反而胖了，反而年轻了。他说我也还是老样子，不过头发白些。"十年离乱后，长大一相逢。问姓惊初见，称名忆旧容。"这诗句虽好，我们可以不唱，略略几句寒暄之后，我问他吃夜饭没有。他说，他是在湖滨吃了夜饭，——也饮一斤酒，——不回旅馆，一直来看我的。我留在他旅馆里的名片，他根本没有看到。我肚里的一斤

---

①CT：指郑振铎。

酒，在这位青年时代共我在上海豪饮的老朋友面前，立刻消解得干干净净，清清醒醒，我说："我们再吃酒！"他说："好，不要什么菜蔬。"窗外有些微雨，月色朦胧，西湖不像昨夜的开颜发艳，却另有一种轻颦浅笑，温润静穆的姿态。昨夜宜于到湖边步月，今夜宜于在灯前和老友共饮。"夜雨剪春韭"，多么动人的诗句！可惜我没有家园，不曾种韭。即使我有园种韭，这晚上我也不想去剪来和CT下酒。因为实际的韭菜，远不及诗中的韭菜的好吃。照诗句实行，是多么愚笨的事啊！

女仆端了一壶酒和四只盆子出来，酱鸡、酱肉、皮蛋和花生米，放在收音机旁的方桌上。我和CT就对坐饮酒。收音机上面的墙上，正好贴着一首我手写的，数学家苏步青的诗："草草杯盘共一欢，

莫因柴米话辛酸。春风已绿门前草，且耐余寒放眼看。"有了这诗，酒味特别的好。我觉得世间最好的酒肴，莫如诗句。而数学家的诗句，滋味尤为纯正。因为我又觉得，别的事都可有专家，而诗不可有专家。因为做诗就是做人。人做得好的，诗也做得好。倘说做诗有专家，非专家不能做诗，就好比说做人有专家，非专家不能做人，岂不可笑？因此，有些"专家"的诗，我不爱读。因为他们往往爱用古典，蹈袭传统，咬文嚼字，卖弄玄虚；扭扭捏捏，装腔做势；甚至神经过敏，出神见鬼。而非专家的诗，倒是直直落落，明明白白，天真自然，纯正朴茂，可爱得很。樽前有了苏步青的诗，桌上的酱鸡、酱肉、皮蛋和花生米，味同嚼蜡；唾弃不足惜了！

我和CT共饮，另外还有一种美味的酒肴！就是话旧。阔别十年，身经浩劫。他沦陷在孤岛上，我奔走于万山中。可惊可喜、可歌可泣的话，越谈越多。谈到酒酣耳热的时候，话声都变了呼号叫啸，把睡在隔壁房间里的人都惊醒。谈到二十余年前他在宝山路商务印书馆当编辑，我在江湾立达学园教课时的事，他要看看我的子女阿宝、软软和瞻瞻——《子恺漫画》里的三个主角，幼时他都见过的。瞻瞻现在叫做丰华瞻，正在北平北大研究院，我叫不到；阿宝和软软现在叫做丰陈宝和丰宁馨，已经大学毕业而在中学教课了，此刻正在厢房里和她们的弟妹们练习平剧，我就喊她们来"参见"。CT用手在桌子旁边的地上比比，说："我在江湾看见你们时，只有这么高。"她们笑了，我们也笑了。这种笑的滋味，半甜半苦，半喜半悲。所谓"人生的滋味"，在这里可以浓烈地尝到。CT叫阿宝"大小姐"，叫软软"三小姐"。我说："《花生米不满足》、《瞻瞻新官人，软软新娘子，宝姐姐做媒人》、《阿宝两只脚，凳子四只脚》等画，都是你从我的墙壁揭去，制了锌版在《文学周报》上发表的。你这个老前辈对她们小孩子又有什么客气？依旧叫'阿宝'、'软软'好了。"大家都笑。人生的滋味，在这里又浓烈地尝到了。我们就默默

地干了两杯。我见CT的豪饮，不减二十余年前。我回忆起了二十余年前的一件旧事。有一天，我在日升楼前，遇见CT。他拉住我的手说："子恺，我们吃西菜去。"我说："好的。"他就同我向西走，走到新世界对面的晋隆西菜馆的楼上，点了两客公司菜，外加一瓶白兰地。吃完之后，仆欧①送帐单来。CT对我说："你身上有钱么？"我说"有"！摸出一张五元钞票来，把帐付了。于是一同下楼，各自回家——他回到闸北，我回到江湾。过了一天，CT到江湾来看我，摸出一张拾元钞票来，说："前天要你付帐，今天我还你。"我惊奇而又发笑，说："帐回过算了，何必还我？更何必加倍还我呢？"我定要把拾元钞票塞进他的西装袋里去，他定要拒绝。坐在旁边的立达同事刘薰宇，就过来抢了这张钞票去，说："不要客气，拿到新江湾小店里去吃酒吧！"大家赞成。于是号召了七八个人，夏丏尊先生、匡互生、方光焘都在内，到新江湾的小酒店里去吃酒去。吃完这张拾元钞票时，大家都已烂醉了，此情此景，憬然在目。如今夏先生和匡互生均已作古，刘薰宇远在贵阳，方光焘不知又在何处。只有CT仍旧在这里和我共饮。这岂非人世难得之事！我们又浮两大白。

夜阑饮散，春雨绵绵，我留CT宿在我家，他一定要回旅馆。我给他一把雨伞，看他的高大身子在湖畔柳荫下的细雨中渐渐地消失了。我想："他明天不要拿两把伞来还我！"

1948年3月28日夜于湖畔小屋

---

①仆欧：英文boy的译音，意即侍者。

车厢社会

丰子恺

　　我第一次乘火车，是在十六七岁时，即距今二十余年前。虽然火车在其前早已通行，但吾乡离车站有三十里之遥，平时我但闻其名，却没有机会去看火车或乘火车。十六七岁时，我毕业于本乡小学，到杭州去投考中等学校，方才第一次看到又乘到火车。以前听人说："火车厉害得很，走在铁路上的人，一不小心，身体就被碾做两段。"又听人说："火车快得邪气①，坐在车中，望见窗外的电线木如同栅栏一样。"我听了这些话而想象火车，以为这大概是炮弹流星似的凶猛唐突的东西，觉得可怕。但后来看到了，乘到了，原来不过尔尔。天下事往往如此。

　　自从这一回乘了火车之后，二十余年中，我对火车不断地发生关系。至少每年乘三四次，有时每月乘三四次，至多每日乘三四次。（不过这是从江湾到上海的小火车）。一直到现在，乘火车的次数已经不可胜计了。每乘一次火车，总有种种感想。倘得每次下车后就把乘车时的感想记录出来，记到现在恐怕不止数百万言，可以出一大部乘火车全集了。然而我哪有工夫和能力来记录这种感想呢？只是回想过去乘火车时的心境，觉得可分三个时期。现在记录出来，半为自娱，半为世间有乘火车的经验的读者谈谈，不知他们在火车中是否作如是想的？

　　第一个时期，是初乘火车的时期。那时候乘火车这件事在我觉得非常新奇而有趣。自己的身体被装在一个大木箱中，而用机械拖了这大木箱狂奔，这种经验是我向来所没有的，怎不教我感到新奇而有趣呢？那时我买了车票，热烈地盼望车子快到。上了车，总要拣个靠窗的好位置坐。因此可以眺望窗外旋转不息的远景、瞬息万变的近景和大大小小的车站。

　　一年四季住在看惯了的屋中，一旦看到这广大而变化无穷的世

---

①上海一带的方言，意即非常快。

间，觉得兴味无穷。我巴不得乘火车的时间延长，常常嫌它到得太快，下车时觉得可惜。我欢喜乘长途火车，可以长久享乐。最好是乘慢车，在车中的时间最长，而且各站都停，可以让我尽情观赏。我看见同车的旅客个个同我一样地愉快，仿佛个个是无目的地在那里享受乘火车的新生活的。我看见各车站都美丽，仿佛个个是桃源仙境的入口。其中汗流满背地扛行李的人，喘息狂奔的赶火车的人，急急忙忙地背着箱笼下车的人，拿着红绿旗子指挥开车的人，在我看来仿佛都干着有兴味的游戏，或者在那里演剧。世间真是一大欢乐场，乘火车真是一件愉快不过的乐事！

可惜这时期很短促，不久乐事就变为苦事。

第二个时期，是老乘火车的时期。一切都看厌了，乘火车在我就变成了一桩讨嫌的事。以前买了车票热烈地盼望车子快到。现在也盼望车子快到，但不是热烈地而是焦灼地，意思是要它快些来载我赴目的地。以前上车总要拣个靠窗的好位置，现在不拘，但求有得坐。以前在车中不绝地观赏窗内窗外的人物景色，现在都不要看了，一上车就拿出一册书来，不顾环境的动静，只管埋头在书中，直到目的地的达到。为的是老乘火车，一切都已见惯，觉得这些千篇一律的状态没有什么看头。不如利用这冗长无聊的时间来用些功。但并非欢喜用功，而是无可奈何似的用功。每当看书疲倦起来，就埋怨火车行得太慢，看了许多书才走得两站！这时候似觉一切乘车的人都同我一样，大家焦灼地坐在车厢中等候到达。看到凭在车窗上指点谈笑的小孩子，我鄙视他们，觉得这班初出茅庐的人少见多怪，其浅薄可笑。有时窗外有飞机驶过，同车的人大家立起来观望，我也不屑从众，回头一看立刻埋头在书中。总之，那时我在形式上乘火车，而在精神上仿佛遗世独立，依旧笼闭在自己的书斋中。那时候我觉得世间一切枯燥无味，无可享乐，只有沉闷、疲倦和苦痛，正同乘火车一样。这时期相当地延长，直到我深入中年时候而截止。

第三个时期，可说是惯乘火车的时期。乘得太多了，讨嫌不得许

多，还是逆来顺受罢。心境一变，以前看厌了的东西也会重新有起意义来，仿佛"温故而知新"似的。最初乘火车是乐事，后来变成苦事，最后又变成乐事，仿佛"返老还童"似的。最初乘火车欢喜看景物，后来埋头看书，最后又不看书而欢喜看景物了。不过这回的欢喜与最初的欢喜性状不同：前者所见都是可喜的，后者所见却大多数是可惊的、可笑的、可悲的。不过在可惊可笑可悲的发现上，感到一种比埋头看书更多的兴味而已。故前者的欢喜是真的"欢喜"，若译英语可用happy或merry①。后者却只是like或fond of②，不是真心的欢乐。实际，这原是比较而来的；因为看书实在没有许多好书可以使我集中兴味而忘却乘火车的沉闷。而这车厢社会里的种种人间相倒是一部活的好书，会时时向我展出新颖的page③来。惯乘火车的人，大概对我这话多少有些儿同感的吧！

不说车厢社会里的琐碎的事，但看各人的坐位，已够使人惊叹了。同是买一张票的，有的人老实不客气地躺着，一人占有了五六个人的位置。看见找寻坐位的人来了，把头向着里，故作鼾声，或者装作病了，或者举手指点那边，对他们说"前面很空，前面很空"。和平谦虚的乡下人大概会听信他的话，让他安睡，背着行李向他所指点的前面去另找"很空"的位置。有的人教行李分占了自己左右的两个位置，当作自己的卫队。若是方皮箱，又可当作自己的茶几。看见找坐位的人来了，拼命埋头看报。对方倘不客气地向他提出："对不起，先生，请把你的箱子放在上面了，大家坐坐！"他会指着远处打官话拒绝他："那边也好坐，你为什么一定要坐在这里？"说过管自看报了。和平谦虚的乡下人大概不再请求，让他坐在行李的护卫中看报，抱着孩子向他指点的那边去另找"好坐"的地方了。有的人

---

①是指心情的愉快、快乐。
②则是指喜爱。
③篇页。

没有行李，把身子扭转来，教一个屁股和一支大腿占据了两个人的坐位，而悠闲地凭在窗中吸烟。他把大乌龟壳似的一个背部向着他的右邻，而用一支横置的左大腿来拒远他的左邻。这大腿上面的空间完全归他所有，可在其中从容地抽烟、看报，逢到找寻坐位的人来了，把报纸堆在大腿上，把头钻出窗外，只作不闻不见。还有一种人，不取大腿的策略，而用一册书和一个帽子放在自己身旁的坐位上。找坐位的人倘来请他拿开，就回答他说"这里有人"。和平谦虚的乡下人大概会听信他，留这空位给他那"人"坐，扶着老人向别处去另找坐位了。找不到坐位时，他们就把行李放在门口，自己坐在行李上，或者抱了小孩，扶了老人站在W.C.的门口。查票的来了，不干涉躺着的人，以及用大腿或帽子占坐位的人，却埋怨坐在行李上的人和抱了小孩扶了老人站在W.C.门口的人阻碍了走路，把他们骂脱几声。

我看到这种车厢社会里的状态，觉得可惊，又觉得可笑、可悲。可惊者，大家出同样的钱，购同样的票，明明是一律平等的乘客，为什么会演出这般不平等的状态？可笑者，那些强占坐位的人，不惜装腔、撒谎，以图一己的苟安，而后来终得舍去他的好位置。可悲者，在这乘火车的期间中，苦了那些和平谦虚的乘客，他们始终只得坐在门口的行李上，或者抱了小孩，扶了老人站在W.C.的门口，还要被查票者骂脱几声。

在车厢社会里，但看坐位这一点，已足使我惊叹了。何况其他种种的花样。总之，凡人间社会里所有的现状，在车厢社会中都有其缩图。故我们乘火车不必看书，但把车厢看作人间世的模型，足够消遣了。

回想自己乘火车的三时期的心境，也觉得可惊、可笑又可悲。可惊者，从初乘火车经过老乘火车，而至于惯乘火车，时序的递变太快！可笑者，乘火车原来也是一件平常的事。幼时认为"电线木同栅

栏一样"，车站同桃源一样，固然可笑，后来那样地厌恶它而埋头于书中，也一样地可笑。可悲者，我对于乘火车不复感到昔日的欢喜，而以观察车厢社会里的怪状为消遣，实在不是我所愿为之事。

于是我憧憬于过去在外国时所乘的火车。记得那车厢中很有秩序，全无现今所见的怪状。那时我们在车厢中不解众苦，只觉旅行之乐。但这原是过去已久的事，在现今的世间恐怕不会再见这种车厢社会了。前天同一位朋友从火车下来，出车站后他对我说了几句新诗似的东西，我记忆着。现在抄在这里当做结尾：

> 人生好比乘车：
>
> 有的早上早下，
>
> 有的迟上迟下，
>
> 有的早上迟下，
>
> 有的迟上早下。
>
> 上了车纷争坐位，
>
> 下了车各自回家。
>
> 在车厢中留心保管你的车票，
>
> 下车时把车票原物还他。

1935年3月26日

山中避雨

丰子恺

前天同了两女孩到西湖山中游玩，天忽下雨。我们仓皇奔走，看见前方有一小庙，庙门口有三家村①，其中一家是开小茶店而带卖香烟的。我们趋之如归。茶店虽小，茶也要一角钱一壶。但在这时候，即使两角钱一壶，我们也不嫌贵了。

茶越冲越淡，雨越落越大。最初因游山遇雨，觉得扫兴；这时候山中阻雨的一种寂寥而深沉的趣味牵引了我的感兴，反觉得比晴天游山趣味更好。所谓"山色空蒙雨亦奇"②，我于此体会了这种境界的好处。然而两个女孩子不解这种趣味，她们坐在这小茶店里躲雨，只是怨天尤人，苦闷万状。我无法把我所体验的境界为她们说明，也不愿使她们"大人化"而体验我所感的趣味。

茶博士坐在门口拉胡琴。除雨声外，这是我们当时所闻的唯一的声音。拉的是《梅花三弄》，虽然声音摸得不大正确，拍子还拉得不错。这好像是因为顾客稀少，他坐在门口拉这曲胡琴来代替收音机作广告的。可惜他拉了一会就罢，使我们所闻的只是嘈杂而冗长的雨声。为了安慰两个女孩子，我就去向茶博士借胡琴。"你的胡琴借我弄弄好不好？"他很客气地把胡琴递给我。

我借了胡琴回茶店，两个女孩很欢喜。"你会拉的？你会拉的？"我就拉给她们看。手法虽生，音阶还摸得准。因为我小时候曾经请我家邻近的柴主人阿庆教过《梅花三弄》，又请对面弄内一个裁缝司务大汉教过胡琴上的工尺③。阿庆的教法很特别，他只是拉《梅花三弄》给你听，却不教你工尺的曲谱。他拉得很熟，但他不知工尺。我对他的拉奏望洋兴叹，始终学他不来。后来知道大汉识字，就请教他。他把小工调，正工调的音阶位置写了一张纸给我，我的胡琴拉奏由此入门。现在所以能够摸出正确的音阶者，一半由于

①三家村：指偏僻的小乡村。
②出自宋代文学家苏轼《饮湖上初晴后雨二首》。
③工尺：中国民间传统记谱法之一。

以前略有摸 violin①的经验，一半仍是根基于大汉的教授的。在山中小茶店里的雨窗下，我用胡琴从容地（因为快了要拉错）拉了种种西洋小曲。两女孩和着歌唱，好像是西湖上卖唱的，引得三家村里的人都来看。一个女孩唱着《渔光曲》，要我用胡琴去和她。我和着她拉，三家村里的青年们也齐唱起来，一时把这苦雨荒山闹得十分温暖。我曾经吃过七八年音乐教师饭，曾经用piano②伴奏过混声四部合唱，曾经弹过Beethoven的sonata③。但是有生以来，没有尝过今日一般的音乐的趣味。

两部空黄包车拉过，被我们雇定了。我付了茶钱，还了胡琴，辞别三家村的青年们，坐上车子。油布遮盖我面前，看不见雨景。我回味刚才的经验，觉得胡琴这种乐器很有意思。Piano笨重如棺材，violin 要数十百元一具，制造虽精，世间有几人能够享用呢？胡琴只要两三角钱一把，虽然音域没有violin之广，也尽够演奏寻常小曲；虽然音色不比violin优美，装配得法，其发音也还可听。这种乐器在我国民间很流行，剃头店里有之，裁缝店里有之，江北船上有之，三家村里有之。倘能多造几个简易而高尚的胡琴曲，使像《渔光曲》一般流行于民间，其艺术陶冶的效果，恐比学校的音乐课广大得多呢。我离去三家村时，村里的青年们都送我上车，表示惜别。我也觉得有些儿依依。（曾经搪塞他们说："下星期再来！"其实恐怕我此生不会再到这三家村里去吃茶且拉胡琴了。）若没有胡琴的因缘，三家村里的青年对于我这路人有何惜别之情，而我又有何依依于这些萍水相逢的人呢？古语云："乐以教和。"我做了七八年音乐教师没有实证过这句话，不料这天在这荒村中实证了。

1935年秋日作

①小提琴的英文。
②钢琴的英文。
③意即贝多芬的奏鸣曲。

送给孩子们的经典美文

SONG GEI HAI ZI MEN DE JING DIAN MEI WEN

中华成语故事
ZHONGHUA CHENGYU GUSHI

中华寓言故事
ZHONGHUA YUYAN GUSHI

中国经典童话
ZHONGGUO JINGDIAN TONGHUA

阳光女孩故事
YANGGUANG NÜHAI GUSHI

阳光男孩故事
YANGGUANG NANHAI GUSHI

弟子规
DI ZI GUI

宋词三百首精选
SONGCI SANBAISHOU JINGXUAN

中国民间故事
ZHONGGUO MINJIAN GUSHI

父与子
FU YU ZI

名家经典必读书库

《阳光男孩故事》 《阳光女孩故事》

《弟子规》 《中国民间故事》 《父与子》

《中华寓言故事》 《中华成语故事》

《宋词三百首(精选)》 《中国经典童话》

彩绘
注音

送给孩子们的经典美文

彩绘注音

《365夜童话》　　　　《三字经》

《安徒生童话》　　　　《世界著名童话》

《父与子（全彩畅销版）》　　《唐诗三百首》

《格林童话》　　　　《一千零一夜》

《经典神话传说》　　　《伊索寓言》

图书在版编目（ＣＩＰ）数据

白鹅 / 丰子恺著；杜斌绘. — 2版. — 长春：吉
林美术出版社；济南：山东美术出版社,2019.5
（美绘经典系列）
ISBN 978-7-5575-4707-3

Ⅰ.①白… Ⅱ.①丰…②杜… Ⅲ.①散文集－中国
－现代 Ⅳ.①I266

中国版本图书馆CIP数据核字(2019)第073053号

美绘经典系列　白　鹅

作　　者　丰子恺
绘　　者　杜　斌
出 版 人　赵国强
责任编辑　栾　云
编　　辑　杨　溢
开　　本　787mm×1092mm　1/16
印　　张　12
版　　次　2019年5月第2版
印　　次　2019年5月第1次印刷

出　　版　吉林美术出版社
　　　　　山东美术出版社
发　　行　山东美术出版社
地　　址　长春市人民大街4646号
邮政编码　130021
电　　话　0431-81629549
网　　址　www.jlmspress.com
印　　刷　延边星月印刷有限公司

ISBN 978-7-5575-4707-3　　　定价：28.00元